女の人差し指

向田邦子

文藝春秋

女の人差し指　目次

女の人差し指

食べもの

旅

女の人差し指

単行本　昭和57年8月　文藝春秋
文　庫　昭和60年7月　文春文庫
（本書は右文庫の新装版です）

この作品の中に、現在では差別的表現とされる箇所があります。しかし、著者の意図は決して差別を容認、助長するものではありませんでした。また、作品の時代的背景及び著者がすでに故人であるという事情にも鑑み、あえて発表時のままの表記といたしました。
（編集部）

女の人差し指

チャンバラ

高いところから墜落して、一時的にだが記憶喪失にかかった人がいる。

「意識がもどって、はじめて箸《はし》を見たとき、これはなんなのか、何に使うのか判らなかったですねえ。判らないなりに、なんかひどく懐しいんだなあ。懐しくて涙が出そうなのに、ここまで出かかってるのに思い出せない。あの情けなさといったらなかったなあ」

ハシ、という名前と、何に使うか判ったときは、嬉《うれ》しくて男泣きに泣いてしまったという。

私は、字を書いてお金を頂くようになって二十年になるけれども、それでもペンを持っている時間より、箸を持っていた時間のほうが長いに違いない。

とにかく、二本の箸と日本人は切っても切れない間柄にある。当然、箸の使い方にかけては、中国人とならんで上手である。

ただし、ナイフとフォーク、これは当り前のことだが欧米人に一歩も二歩も譲る。一体、どこが違うのだろう。

この間、二週間ほど、青い目の人たちと三度三度一緒に食事をしたのを幸い、この研究をしてみた。答は、欧米人はナイフとフォークをふわりと持って、実にやさしい。それに引きかえ日本人は、

「右手《めて》に血刀《ちがたな》、左手《ゆんで》に手綱《たづな》」

ではないが、固いのだ。欧米人を和事《わごと》とするなら、日本人は荒事《あらごと》である。洋食の食卓に坐るときからして、目付きが違う。

「いざ出陣」

という面持ちである。

右手にナイフ。左手にフォーク。作法にのっとり粗相《そそう》のないよう、子々孫々まで恥辱を残さぬよう——つまり皿の上でチャンバラを演じているのである。

ナイフは剣で、フォークは刺股《さすまた》である。食事のたびごとに人殺しの道具と同じもので、獣肉を切ったり野菜を突ついたりするのは、気取ってるようでいて実は野蛮な行為である、という人もいる。

そこへゆくと、箸は洗練の極致で、刃もない二本の棒だけで、突くもむしるもはさむも割るも、すすり込むも何でもやってのけられる。ナイフとフォークでスープはのめな

いだろう。もうひとつ、スプーンというものを使わなくては、スープの実もすくえないではないかとおっしゃる。

人が集るとまず教会を建て、それと同時に屠殺所《とさつじょ》をつくって、牛や豚を飼って食料とした民族と、まずお寺と鎮守様を建てた農耕民族の日本人の違いが、ナイフとフォーク対箸にあらわれているということなのであろう。

そして、いま日本人は、リビング・キッチン、パンとご飯とならんで、お箸とナイフとフォーク、スプーンとを日々の暮しのなかで使いこなしているごく少ない民族なのではないだろうか。

「東山三十六峰
静かに眠る丑三《うしみ》つ時」
チャンリンヤ　スナポコリン
どうしてそういうのか知らない。どこで誰に聞いたのか判らないが、子供の頃、こんなことを口ずさみながら、古新聞を丸めたものを刀に見立ててチャンバラをした覚えがある。
「女の癖になんです。女の子は女の子らしく、お人形さんで遊びなさい」
親にみつかると叱られて、日本人形をあてがわれる。

この日本人形というのがよく見るとなかなかおっかない。おでこのところに、お河童《かっぱ》の前髪の毛を糊《のり》でひとならべにしたのが、ベッタリと貼りつけてあるのだが、糊がよくなかったのか、これがペカッと取れてしまう。祖母が、ご飯粒を練った「そっくい」でくっつけてくれるのだが、いったん取れると取れ癖がつくらしく、またとれてしまう。

人形は前髪がとれようが丸坊主になろうが同じ顔をして、黒目勝ちな目をあけているのがまた不気味である。

日本人形でも眠り人形は、もっと恐ろしかった。

おなかのところに、和紙でくるんだ笛が入っていて、押えると、

「アーン」「ママア」

甘えるとも恨むともつかない声で泣き、横にすると、キロンと音を立てて上まぶたが落ちてくる。何回も何回もやっていると、しまいにはこわれてしまい、片方つぶって、片方はあいているということになったりするから、余計薄気味が悪い。

いつかテレビを見ていたら、NHKの主婦向けの手芸の時間だったが、布でつくる抱き人形のつくり方というのをやっていた。

先生が人形の首をつくり、穴のあいた胴の中にギュウギュウはめ込んで、糸でとじつけるところを教えていた。

このときのお相手は室町澄子アナウンサーだったが、怖いとも恐ろしいとも可哀そう

ともつかぬ、何ともいえない顔をした。

人形という可愛らしいものをつくるときに避けられない残酷さを、言葉にするよりももっと細やかにみせて下さった。テレビは、ペラペラしゃべるより、こういう一瞬の表情に重みと説得力がある。

大分前のことだが風間完画伯の随筆を拝読していたら、こういうような箇所があった。

「道を歩くとき、剣術使いになったつもりですれ違う人を斬って捨てながら歩いてゆく。男はみんな物騒《ぶっそう》だから斬る。女も此《こ》の頃はアブないのが多いから斬る。年寄りも感じの悪そうなのは容赦《ようしゃ》なく斬る」

――うろ覚えだから、もしも違っていたらお詫《わ》びをしなくてはならないのだが、私はこれを読んでひどく楽しくなった。

見るからにバンカラな傘張り浪人風ならいざ知らず、ご自分の描かれる画と同じように洗練されたおしゃれをなさる画伯である。すれ違った人は、まさか自分がイメージのなかで斬られているとは夢にも思わないに違いない。

こういう楽しみが判ったら、その人の辞書に退屈の文字はなくなるであろう。私も、苦手な人と会議などで同席し、長広舌《ちょうこうぜつ》を聞かされたりする場合は、失礼して居合抜きの稽古台にさせていただくことにしよう。

ところで、チャンバラにもどるが、剣はナイフやフォークと同じく、力を入れずやわらかく握るほうが腕としては上らしい。

宮本武蔵はペンダコ、ではない剣ダコが出来ず、佐々木小次郎はかなり大きなのが出来ていたような気がする。

蜘蛛《くも》の巣

庭の広いうちに住んだことがあった。

広いといったところで二百坪かそこいらだが、それでも手入れには結構お金がかかった。戦争が終ってすこしあとの、日本中貧乏な頃で、新円切り替えの時代は終っていたが、子供四人を学校にやると、庭師をやとうゆとりはなかったらしい。

庭らしい庭になるのはお正月くらいで、あとは雑草のなかにちょっと枝ぶりのいい松や石燈籠が立っているという様相を呈していた。

社宅なので客も多い。父は私たちに草むしりを命じた。

「はい」

私たちは口のなかで返事をした。戦争が負けいくさに終ったことは、我が家にも微妙な後遺症を残した。父は相変らず威張っていたが、軍艦マーチや勇ましい大本営発表があったときほどには声に力がなくなっていた。栄養状態も悪かったのかも知れない。私たちも、腹の底では「民主主義の時代が来たんだぞ」というところがあって、「はい！」といっていたのが、ご飯を噛《か》み噛み、口の中で「はい」と言う程度になっていた。

無論草むしりはやらなかった。

明日は試験だとかなんとか口実をつけて、四人の子供たちは誰もやらなかった。

母だけが、大きな日除《ひよ》け帽子をかぶり、物置からかびくさいモンペを引っぱり出して、草をむしっていた。ブヨにくわれたあとが赤く腫《は》れているのをみると、可哀そうだなと思ったが、私も滅多《めった》に手伝わなかった。アルバイトをして、アメリカ映画を全部見て、バレーボールに熱中していたので、草むしりをする時間が惜しかったのだ。

親というのは、知恵のあることを考える。

小遣いの値上げを要求した四人の子供に、父は草むしりをしたら金を払おうと言い出した。大した金額ではない。人夫の三分の一ほどだが、働けば働くほど小遣いは増える仕組みである。

「どうだ。やるか」

「はい！」

今度の返事ははっきりした威勢のいいものだった。四人は先を争って草むしりをはじめた。一人がむしると、あと、一週間から十日は順番が廻ってこない。ところが一回やってみると、これがかなり大変だということに気がついた。何よりあとがかゆくてたまらない。ブヨにくわれたあとは残るし一回でこりてしまった。だが、お金のほうには未練があった。

このとき、友達から耳よりなはなしを聞いた。アメリカ系の薬品に、草を枯らす薬があるという。早速《さっそく》、買いにいった。

何倍かの水でうすめて撒《ま》くと、雑草だけが枯れるという。ただし、十二時間だったか、ある一定時間内に雨が降ると、効き目がなくなるから注意せよ、というようなことが英文で書いてあった。

かなり高価なものだったが、アルバイト料金よりも安い。儲《もう》けは少なくなるが、ブヨにくわれない分だけ楽である。私はそれを買い、天気予報に充分注意して、それを撒いた。

ところが、二時間もしないうちに、一天俄《にわ》かにかき曇り大夕立になってしまった。薬石効なく、草は一本もしおれてくれなかった。

もう一回、私はためした。

たしかに半日で草は元気がなくなり、しおれて地面の上に倒れるが、死んでしまうのは半分ほどで、元気のいいのは生きかえる。

雑草は残り、父が丹精していた松葉ボタンだったかが全滅してしまった。

「女のくせに横着《おうちゃく》なことを考えやがって。そういう了見《りょうけん》では先行きロクなことないぞ、お前は」

と叱られた。

子供にとって広い庭というのはあまり有難いものではなかった。朝刊をとりに門まで出ようとすると、いつの間につくったのか、大きな蜘蛛《くも》の巣が頭にひっかかる。ねぼけ眼《まなこ》なので、白く光る蜘蛛の巣が見えないのだ。ネバネバした白い糸が髪にからみつくとなかなか取れないし気持が悪い。

つくづく嫌だと思い、庭のないうちに越したいと願ったものだったが、マンション暮しをしてみると、ときどき庭が恋しくなる。コンクリートのなかに住むと蜘蛛が巣をつくるのを見ることもないのである。

蜘蛛にも性格がある。

長い時間をかけ、丹念に絵にかいたようなみごとな蜘蛛の巣をつくるのもいる。

立派な体格をしながら、横着なのか美意識が欠如しているのか、電線のように空中に糸で二、三本の線を引き、その線を、ジグザグに、万年筆のためし書きのような線で結ぶだけという手抜きの巣をつくるのもいた。

私みたいなのがいるなあ、と思って見ていた。

丹念にみごとな蜘蛛の巣をつくるのを見ているのは、感動的である。お尻から白い糸をブラ下げた蜘蛛は、ブラ下ったまま待っている。かすかな風でも利用するのだろうか、体をゆすり、自分の体重をおもりにして、ブランコをはじめる。大きくゆらして、目的の角度の枝に飛びつき、基礎工事の一本一本を張ってゆく。恐ろしく気の長い仕事で、それをみてから、私は蜘蛛の巣をこわすのが済まなくなった。

いまでもときどき蜘蛛の巣をみかけると、これは私だな、実にキチンとつくってあるから、澤地久枝女史みたいな律義な蜘蛛なんだな、と人にみたてて楽しんだりする。


戸棚の隅っこなどに、切手ほどの大きさの小さな蜘蛛の巣をみつけることがある。こんなところに巣を張っていて、なにか引っかかるものがあるのだろうかと思うと、よくしたもので、目に見えないような小さな羽虫が引っかかっていたりする。

もう十年ほど前になるだろうか。ひょいと縁日をのぞいたことがある。

久しぶりにイカを焼く匂いや、金魚すくいを眺めながら歩いていたら、軒をならべた露店から大分はなれたところに一軒、小さなのが出ていた。

お子様用の、プラスチックの指環や髪飾りをあきなう店である。五十がらみの、手拭いをかぶったオバサンがポツンと坐っていた。昔はこんなのが欲しかったのだなあと思

いながら、さわっていたら、その人が、

「ちょっと、みててもらえますか」

という。細かくからだを震わせている。

手洗いにゆく間、私に店番をしてくれということらしい。私はほんの三分ほど露店商になった。客は一人もこなかった。小さな蜘蛛の巣をみて、あのときの当惑ときまりの悪さを思い出した。

昆布石鹼《せっけん》

ビスケットとクッキーはどう違うのだろうか。

夜中に目が覚め、ふとそんなことを考えたら、いつにないことだが、なかなか寝つかれなくなった。小腹《こばら》が空いていたらしい。

素朴で古典的なのがビスケット、と言いたいところだが、手焼のクッキーというのもあるわけだし、言い方だけのはやりすたりなのかも知れない。

どっちにしても、私たちが子供の時分に食べたのはビスケットである。

ミルクとバターがたっぷり入って、たっぷりした丸型で、プツンプツンと針で突っついたような飾りだけがついていた品のいいのがあった。風邪をひいたりおなかをこわしたりしたときは、こういうビスケットだけがお八つだった。

四人の子供のうち、誰もおなか下しや風邪ひきが居ないときは、砂糖のついた英字ビスケットが出た。砂糖のついていないのもあったが、これはひどく不人気で、子供たちもいい顔をしなかったらしい。

砂糖は、ドキッとするような派手な桃色や青緑色のが、こんもりとかかっていた。子供たちは、母が銘々《めいめい》の菓子皿に取りわけてくれる手許《てもと》をじっとみつめながら、なるべく砂糖の沢山《たくさん》かかったいい字が当りますようにと願ったものだった。

いい字というのは、カサが多い字のことである。

IやLは、食べでがないので多分つまらなかったと思う。HやKやMやOはよかった。特にOは、うまくすると真中の穴ぼこも埋めつくすほど砂糖が沢山かかっていることもあって人気があったような気がする。

当時は英語など読めなかったから、あの頃の感じを思い出して多分そうであったろうと見当で書いているのだが、どうも私の英語の知識は、この辺が原体験（好きなことばではないのだが）ではないかと思われるふしがある。

女学校に入ってアルファベットを習ったとき、急に大人になったような気がして嬉しかったものだが、気持の底に子供のとき食べた英字ビスケットが読めるようになったよろこびがあったのかも知れない。

単語の綴《つづ》りを書くとき、Iという字にぶつかると、なんだか損をしたような気がするし、HやKやMだと得をしたようで、書く手も弾むような気がするのは、どう考えても英字ビスケットからの連想であろう。

こういう食い意地の張ったいやしい精神では、英語が上達するわけはない。横文字関係がいまだに駄目なのは、戦争のせいでも学校の英語教育のせいでもなく、子供の頃のお八つの影響である。

岩波文庫の『日本童謡集』に、アルファベットをうたったものがのっている。

ABC《エービーシー》　　西條八十

はじめて英語を
　ならってみたら
Aという字は
　はしごに似てた
Bという字は
　あぶくに似てた
Cという字は

つり針に似てた

みんな書いたら
手帳のかみが

杭《くい》のならんだ
川のようになった

——「子供之友」大15・6

詩人の手にかかるとこんなメルヘンになる。AもBもCもみんな英字ビスケットでは詩にも歌にもなりはしない。

戦争が終って、英語が解禁になった。食糧不足で英字ビスケットどころか、ろくなお八つもなくなっていたが、その頃、不思議なものを食べた記憶がある。

主食代りに配給になった進駐軍のレーションのなかに入っていたお菓子である。レーションといっても、若い方にはお判りないかも知れない。兵隊用の非常食糧のことである。食パンを焼いたラスクが二切れに肉の罐詰《かんづめ》。コーヒーと砂糖に粉末ミルク。

汚れた水を消毒する白い錠剤まで入っていた。その中に問題のお菓子があった。

私は、はじめ石鹼《せっけん》かと思った。

黒くて四角くて、キャラメル一粒の四倍ほどの大きさである。匂いをかいでみると、どうも石鹼ではなく食べられるらしい。

口に入れて嚙《か》んだら、ニチャリとして、歯の裏にくっついた。味は正直いっておいしくなかった。昆布の粉にバターをまぜ込んだといったらいいか。

私たちは、昆布石鹼といっていた。どう考えても、ほかのチョコレートやピーナッツの入ったヌガーのようにおいしいという代物《しろもの》ではなかったが、食べられるものならなんでもよかった。それと、生れてはじめてコカコーラをのんだときと似たような、妙に気持をそそる味もした。舌で接するアメリカの味というのだろうか。

あれは一体なんだろう。何という名前で原料はなんなのだろう。

最近、写真家の立木《たつき》義浩氏と話していたら、このお菓子のはなしになった。

立木氏も当時召し上ったという。

しかも、これが映画「エデンの東」のなかに登場していたらしいとおっしゃるのでびっくりしてしまった。

立木氏の記憶では、ジェームズ・ディーンと友達が立ちばなしをする駄菓子屋の店先にあった。ただし、四角ではなく、ねじりん棒になっていて、紙にくるまずムキ出しで、鉛筆のように何本もビンの中に立っていたという。

私はあの映画を、三回見ているのに思い出せない。

この前アメリカへいったとき、下町の駄菓子屋をしらべてくれればよかった。立木氏は、ぼくも調べてあげましょうとおっしゃって下すったので、楽しみにしている。

それにしても甘いような甘くないような。ニチャリとした薄気味の悪いようなステキなような。あの昆布石鹸は一体なんだったのだろう。

動物ベル

友人のマンションを訪ね、三時のお茶を飲んでいたら、非常ベルが鳴った。

これが並大抵の音ではない。どういう仕掛けになっているのか、頭の上から嚙《か》みつくように物凄《ものすご》い音で鳴り続ける。

私たちは総立ちになった。

「火事だ！」

かなりの高層マンションだが友人の部屋は三階である。いざとなったら飛び下りても命だけは何とかなると思ったが、お年寄りもいることだし、そうとなったら早いとこ非常階段へ出たほうがいい。

友人は玄関へ走った。

ドアを細目にあけて廊下をうかがったが、火の手も煙も見えない。隣りの部屋、向いの部屋のドアが開いて、不安そうな顔がのぞく。

「おなかの大きい嫁がいるんですが、大丈夫でしょうか」
とお姑《しゅうとめ》さんらしいかたのオロオロ声は、大きなベルの音で、やっと聞えるほどである。

友人が、右代表のかたちで階段をかけおりて、管理人室へとんでいった。

ベルが止んで、友人がもどってきた。

子供のいたずらだったという。

両親が共働きで、それも夜遅い。その子は小学校二年の男の子だそうだが、次から次へと新しいいたずらを考えては、管理人を困らせていたという。

エレベーターに乗り、各階のボタンを全部押して飛びおりる。乗った人は、用のない階にゆっくり停ってゆくエレベーターに苛々《いらいら》する。

今までにも随分手こずったが、とうとう非常ベルになったということらしい。

都会の、四角いコンクリート・ジャングルのなかでは、テレビも怪獣のおもちゃも、遊び相手としては物足りなかったのだろうか。

この三月にニューヨークのホテルでやはり非常ベルで叩き起され、火事騒ぎにぶつかった。これも間違いだったが、どうも今年はこのての出来ごとにご縁がある。

実を言えば、これはロス・アンゼルスのホテルで書いている。アマゾンへ出かける途中の、中継地で一泊したわけだが、ベッドのそばに火災に関する注意というのがあった。

「火事と気づいたら、まず落着いて、ドアに手を触れること。もしドアが熱ければ火勢が近いので、絶対にドアを開けてはいけない」

「ドアから離れて低い姿勢をとり、濡れタオルをドアのすき間に入れよ。次に同じく濡れタオルで鼻と口を覆《おお》うべし」

「ドアが熱くなければ、少々開けてみて、煙が廊下に充満していれば直ちにドアを閉め室内にいること。煙がなければ非常階段を通って避難すべし」

「火勢を強める結果になるので、事情が緊迫しない限り、窓を開けたり破ったりしないこと」

以下何カ条かが続くのだが、読んでから下を見ると、十六階だから目のくらむ高さである。

ベランダはなく、窓には大きなガラスが「はめ殺し」になっていて開けたくても開かない仕掛けになっている。いざとなったら、梯子車《はしごしゃ》はとどくのだろうかと考えながら、高層ビルの火災というのは、非情なものだなと思った。

それにしても、友人のマンションで非常ベルが鳴ったとき、私たちは、迷うことなくドアを開けたが、これは間違っていたことになる。

今度からは、落着いてまずドアを触ってみよう。ひとつ利口《りこう》になった。なにか覚えるとすぐ試してみたくなるたちだが、マンションやホテルの火事だけは有難くない。出来たら、熱いドアに触らずにすみたいものである。

飛行機のなかで、非常ベルを聞いたことがある。

生れて初めて外国へ行った十五年ほど前のことだ。東京・香港間の、ちょうど中間あたりで、リーンときた。

乗客は総立ちになった、と書きたいところだが、そうはならなかった。

一瞬ざわついたが、ベルが、客席の中央あたりから鳴っていることに気がついたためである。響きものんびりしている。

一人の乗客が、日本人の、あきらかに観光客と判る中年男性が、汗だくになって、床下にもぐるような姿勢で、機内持ち込みバッグの中を探している。出てきたのは目覚時計であった。ベルがやみ、その男性は汗を拭きながら四方八方に頭を下げていた。パラパラとまばらな拍手があった。

非常ベルのたぐいで、一番心に残っているのは、ケニヤで見たものである。

あれは何という動物保護区だったか、名前は忘れてしまったが、湿地帯のまん中に、高床式で建っていたホテルである。

中世ヨーロッパの火の見ヤグラ風というか、茶筒を立てた上に陣笠のような屋根をのせた一戸建てが、高床式の廊下でつながっている。夜になると地面から梯子を引き上げて、野獣を防ぐ仕掛けになった、奇妙なホテルだった。

食堂の脇に、ガラス張りの大きなベランダがあり、そこから、目の前の沼沢地《しょうたくち》に水を飲みにくる動物を見物出来るようになっていた。

そのホテルの部屋の、ベッドサイドにベルがついていて、「アニマル・コール」という札がついていた。

絶対に大丈夫だといっているが、象もいればヒョウもいる。連中がその気になったら、体当りだって出来るし、窓から忍び込むことも出来る。万一のときには、これを押せばいいんだなと、感心をしたのだが、これは私の早とちりであった。

夜中に水を飲みにくる動物を、徹夜で見張るわけにはいかない。何時に出てくるか判らないし、一晩中にらんでいても出てこないこともある。

そこで、自分の見たい動物を書いて、頼んでおくと、見張りがいて、ヒョウが出たら、ヒョウを見たいと書いた人の部屋のベルが鳴るという仕掛けなのだ。

「アニマル・コール」は、野獣襲撃を知らせるのではなく、出ましたよ、見にいらっしゃいというサインなのである。

私はヒョウとサイを頼んだ。

鳴ることを祈りながら、いつ飛び起きてもいいよう、パジャマも着ず、着のみ着のまま、カメラと双眼鏡を枕もとに置いて横になったのだが、その夜、アニマル・コールは、沈黙したままであった。

糸の目

それは見るからにおいしそうだった。

生きて、まだ動いている鮑《あわび》を薄くソギ切りにして、手早くバターでいため塩胡椒《こしよう》しただけだが、材料と料理人の腕が揃《そろ》って極上なせいだろう。見ているだけでよだれの出そうな一品であった。

京都でも一、二を争う腰かけ割烹《かつぽう》のカウンターでの出来ごとである。

おいしそうな鮑は私の注文したものではない。私と友人は、みつくろいのコースを食べ終ったところであった。

鮑は私の隣りに坐った二人連れの女客の前に置かれた。

女客の一人は、粋《いき》な初老の美女で、物腰、着つけ、この家の主人との応対から、その店の目と鼻にある祇園《ぎおん》の、置屋のおかみと思われた。連れは、十五、六の女の子である。

浴衣姿であったが、どうやらこの子は舞妓か、近々舞妓になる卵といったところらしい。

「おかあさん」は、二人一緒盛りに出された鮑の皿を、わたしはいいから、あんたお上り、という風に女の子の前に置いてやった。それから、若い娘のよろこびそうなおいしいものをみつくろって、つくってやって欲しいと言った。

言いながら、ちらりと私たちを見て、軽く会釈《えしやく》して、お愛想笑いをした。

若いもんに贅沢《ぜいたく》させて、とお考えでしょうが、これも修業のうちどっせ、といっているい風に見えた。

預りものの女の子に、一流のところでこういう高価なものを惜しげもなく食べさせている自分の気前のよさを、ちょっぴり自慢している風にも受取れた。なるほど、こういう風にして、人は仕込むのかと思った。こういうことの積み重ねで、どんな人の席に出ても物おじしない舞妓はんになっていくのであろう。

もうひとつ感心したのは、その女の子の食べっぷりであった。

うすい狐色に焦げ目のついた、くるりと巻き上った鮑の一切れ一切れを、何の感情もない顔で、ポイと口に入れモグモグモグモグと嚙《か》むとゴクリとのどに送り込む。

またロにほうり込む。モグモグ、ゴクリ。

おいしいのかまずいのか。

嫌いなのか好きなのか。

全く無表情無感動なのだ。

ガムを嚙むように鮑を嚙み、ごはんをのみ込むようにのみ込んでゆく。

目鼻立ちのととのった、肉の薄い顔であった。この顔に白く白粉《おしろい》を塗り、おちょぼ口に紅を塗ってだらりの帯をしめると、絵に描いたような舞妓さんが出来るのだろう。

私は感心して、席が鉤《かぎ》の手になっているのを幸い、次々と鮑をのみ込んでゆく小さな口許《くちもと》と、何の感情もうかがえない目許だけを眺めていた。

こういう目はどこかで見たことがあるなと思ったら、京人形の目であった。

「女の目には鈴を張れ
男の目には糸を引け」

という諺《ことわざ》があるという。

舞妓さんのはなしは別として、女は、喜怒哀楽を目に出したところで大勢《たいせい》に影響はない。

だが、男はそうではいけないのだという。

何を考えているのか、全くわからないポーカーフェイスが成功のコツだという。

そういえば、現職の刑事さんが、テレビの刑事ものを見て、こう言っているのを聞いたことがあった。

「みんな、目に出し過ぎるよ、何かあると、すぐ、顔に出す。本物はあんなこと、しないよ。あたしら、あ、こりゃイケるぞ、ピンとくる電話聞いたって、どこでブン屋が見てるかも知れないと思やあ、顔にも目にも出さないね。何でもないあったり前の顔して、電話切ってさ、廊下へ出て人のみてないとこ来てから、ほっとして駆け出すのよ」

その人のいうには、スリ係の刑事のドラマをみたが、あれも嘘だと言う。スリつかまえたかったら、もちっと目の細いハッキリしない顔の刑事を使わなきゃというのだ。目の大きい人はどうしても表情が目に出る。顔も印象が強いからすぐ覚えられスリも用心する。

目の細いハッキリしない顔の、スリ係の刑事として一番ピッタリなのは誰でしょうかと伺ったら、その方は、迷うことなく、

「稲尾だね」

といった。野球の稲尾投手である。

そういっては失礼だがあの糸みみずのような細いお目が、刑事のお眼がねにかなっていたのである。

私は、ほかに大した取柄《とりえ》はないが物をおいしそうに食べることだけは悪くないと賞めて下さるかたもおいでになる。

おいしいおいしいと、盛大に食べるので、食欲のないときでも、あんたと一緒だと、食が進んでよろしいといわれ、食事のお招きに預《あずか》ったりすることもある。

別に人さまのお気に入られようとして、喜ぶわけでもないが、もともと食いしん坊なのと、目玉が大きいので、おいしいとよろこぶ気持が目に出易《でやす》いためであろう。

ところがこの間、失敗をした。

ある席で、フグの唐揚が出た。

おいしいフグを食べさせるので有名な店だと聞いていた。それもフグ刺しや鍋だけでなく、三枚におろした骨のところを、塩焼にしたり、身を唐揚にしてポン酢で食べさせるのが絶品と聞いていた。

大皿に盛られた唐揚はさすがにみごとなものであった。

私は、一番に箸《はし》をつけ、おいしいおいしいを連発した。

「フグの唐揚ははじめてですけど、おいしいものですねえ」

私にはもうひとつ特技があって、盛大におしゃべりをしながら、誰よりも早く物が食べられるのである。

この晩もこの特技を最大に発揮して、賞めちぎり食べまくったところへ、この店のお内儀《かみ》が顔を出した。

「申しわけございませんでした」

と手をついた。

「いいフグが入らなかったものですから、今日の唐揚は別のお魚使わしてもらいました」


糸を引いたほうがいいのは男の目だけではない。

こういうとき、はっきりしない、表情を浅はかに表に出すことをしない目であったら、どんなに助かったことだろう。

今度生れるときは糸の目に生れたい。そう思いながら、今更引っこみもならず、おいしいおいしいと、唐揚に箸をのばしていた。

買　物

いつものように財布のなかに決った金額だけ入れてうちを出る。三千円のこともあるし五千円のこともある。買物にゆくときは、こうしないと危いのだ。うちのまわりには、こぢんまりした骨董屋《こっとうや》がならんでいる。

「ちょっと面白いぐい呑みだな」

「あの麦藁手《むぎわらで》の茶碗でお茶漬を食べたらおいしそうだな」

フラフラと店内へ入ったりすると、一巻の終りである。

鉛筆一本の細々とした稼ぎだから、ご大層なものを買うわけではない。毎日の食事やお菜《かず》に使えて、万一こわしても、

「あ、いけない」

ほんの半日、くよくよすれば済む程度のものである。客が取り落しても、その人を恨まぬほどの、安直なものに限っている。

私は、週に一度、掃除を手伝ってくれる人には、うちにあるものはどれも百円だと思って下さい、と言ってある。高価だと思うと洗う手が構えてこわばり、取り落したりする。安いと思えば手も格別の緊張はしないから、この十五年にほとんど粗相《そそう》というものがない。

とはいうものの、お手伝いの人がくる日に、すこしはマシな年代ものの茶碗や皿小鉢が流しもとに出ていることがあると、私は仕事の手を止めて、素早く洗って仕舞い込んだりしている。こういう気のつき方も我ながら浅ましく、お金のこともあるが、うちの中にこれ以上、気の張るものを増やさないようにしようと思っている。余分なお金を持ち歩かないのが一番いい。

それでも、此《こ》の頃は二回ほど失敗をした。

スーパーで品物を籠のなかにほうり込む。

大雑把《おおざっぱ》な目の子勘定で、帰りに一輪差しに差す花を買う分だけをとっておく。いつもこうやってうまくいっていたのだが、レジで御用になってしまった。

お金が足りないのである。

「すみません。レモンを戻しますから」

並んでいる人たちが、気の毒そうに私をご覧になっている。夕方の忙しいときに何をもたもたしているのだろう、と思う方もおいでになるだろう。きまりの悪さと申しわけなさに逆上して、汗が吹き出てくる。

「それでもまだ足りないんですけど」

「え？　あ、そうですか、じゃあ」

それでなくても計算が出来ないのが、逆上しているものだから、もう全然判らない。

「さつま揚となまりを戻します」

なまりは猫の餌《えさ》だが仕方がない。

「そんなに戻さなくても大丈夫ですよ。どっちかで」

「じゃあ、なまりは頂きます」

レジのお嬢さんに頭を下げ、行列の奥さま方に最敬礼をして、下うつむいてスーパーを出てくる。花屋の前は勿論《もちろん》素通りである。

こういうことが二回つづいて気がついた。

私のぼんやりは勿論だが、物価が上っているのだ。レモンはこのくらい、さつま揚はこのくらいと、老眼で値段がはっきりしないときは、見当で籠にほうり込んでいたのだが、値上りの分だけ私の計算は合わなくなっていたのだ。

ますますもってインフレだなあ。経済にうとい人間にも身に沁《し》みて判ってきた。

少し奮発して、夏のセーターのいいのを一枚買った。

これでこの夏は決してセーター売場を歩かない。

何故《なぜ》かというと、買ったあとで、もっと気に入った色あいのものをみつけたりすると、面白くないからである。あっちのほうにすればよかったと、気持のどこかで自分のセーターに小さく八つ当りして、脱ぎ着の手つきが根性悪くなったりする。それが嫌なのだ。

同じものが特売で、安い値段で出ていようものなら、半日ぐらいは肝がやけて不機嫌になってしまう。

どう考えても精神衛生によろしくない。

中年女が三人ばかり集って、こんな話をしていたら、なかの一人がだしぬけにこう言った。

「だからあたし、クラス会にはゆきたくないんだ」

クラス会には、昔机をならべた男の子もくる。好きだといってくれた子もまじっている。その頃は大したこともないと思っていたガキ大将が、ひとかどの肩書をつけた名刺を出す。

「あれ、あっちにすりゃよかったかな。一瞬こう思ったりするるじゃないの」

そういう気持は、うちで留守番をしているご主人にも伝わるとみえて、帰ると、いやに機嫌をとったり、逆に不機嫌だったりする。それが嫌なのよ。ことばに出して言うと嘘になるほどちっぽけな気持だけど、とその人は笑いながら言った。

もう一人が、判るわ、とうなずいた。独り者の私に、この体験はないので、一緒にうなずくことは出来なかったが、判るような気がした。

女の買物好きはもしかしたら、そういうことの腹イセかも知れない。「夫」という大きな買物はしてしまったのだ、でも、それっきりではつまらないから、たわしを買ったり、どの洗剤にしようかと迷って、一度籠に入れたのをまた棚にもどしたりして、憂さを晴らしているのであろう。


前に書いた「昆布石鹼」について、読者の方から三通の手紙を頂戴《ちょうだい》した。お三方ともアメリカにお住まいになっていらした方である。

黒いニチャニチャする不思議なものは、リコリス（LICORICE）キャンディーといって、甘草《かんぞう》を原料としたもの。ドロップやジェリー・ビーンズの中の一色《ひといろ》として入っているという。アメリカ人の家庭では、詰らぬ菓子を食べるくらいならリコリスの方がからだによいと信じられている節《ふし》があって、母親がよく子供に与えていました、と書いて下さった方もある。アメリカの漢方というところらしい。

立木義浩氏の記憶にあった、「エデンの東」のシーンでみたというねじりん棒は、同じ原料のリコリス・ツイスター（TWISTER）であろうと教えていただいた。

おかげで三十五年ぶりに、謎のお菓子の正体が判った。何だかまた食べたくなってきた。

香水

チップとお賽銭《さいせん》を一緒くたにすると叱られるかも知れないが、このふたつは何だか似ているような気がする。

お願いするからには、おしるしでも差し上げて、感謝の気持や誠意を見せなくてはいけない。

少な過ぎるのもうしろめたいが、うっかりして多く上げ過ぎると、しまったと思ってしまう。

お正月などで、はじめから今日は奮発してお賽銭箱に百円玉をほうり込もうと思っているときはそれでいいのだが、いつもの通り十円玉のつもりでポンとほうったとたん、白く光って、あ、いけないい、百円玉だったと気がつくと、誠に申しわけないことだが、損をしたような気分になる。

それで、願いごとのほうは、ちゃっかりと家内安全、商売繁昌《はんじょう》から火の用心までお願いしているのだから、いい気なものである。

これは私に神仏を信じ敬う心がないことと、オッチョコチョイで気前がいいくせに、変なところにケチな、わが家系のせいである。

なにしろ、うちの母は、父がお賽銭を間違えてほうり込んだと聞くや、

「よせ。馬鹿!」

と止める父の手を振り切って社務所にかけ合い、お賽銭のお釣りを頂戴《ちょうだい》した人間なのである。

外国でチップを渡したとたん、掌《てのひら》をかえしたようにお愛想よくなる相手の態度に、チップの桁《けた》を間違えたことに気づくことがある。

こういうとき、母ならお釣りをもらってるな、と思いながら、そんな度胸は持ち合せがないので、

「いいや、いいや。あと、何かで詰めるから」

とあきらめることにしている。

この母も、一度だけションボリしたことがある。

「今日という今日は、失敗したわよ」

という。

市電に乗って、降りぎわに、回数券の代りに、汲取券を出してしまったのだそうだ。

昔々、あのかたたちが廻ってくるのは、月に一度だったのか、半月に一度だったのか、もう忘れかけている。

何軒か先に来ると、匂いで判った。

「ほらほら。行きたいひとは早く行きなさいよ」

祖母や母が子供たちをせき立てる。

汲取屋さんの作業中は、ご不浄が使えなくなるからである。

そう言われると急に行きたくなって、順番のことで兄弟げんかになったりする。

うちでは、こういうとき、匂いのことを口にするとひどく叱られた。

「お前はしなかったのか」

というのである。

そう言って子供たちを叱りながら、大人たちは、醤油《しょうゆ》を火鉢にたらしたり、茶をほうじたりして、匂いを消す工夫をしていた。

あれは何時《いつ》だったのか、父がうちにいて、何を粗相《そそう》したのか、母や私たち兄弟を叱りつけていたときに、汲取屋が来たことがあった。

大真面目に訓戒を垂れているのだが、庭先から襲ってくるのは、例の匂いである。何だかチグハグで、叱られているほうも身が入らない。父も拍子抜けがしたらしく、

「もういい。今日はこれくらいにしておく」

と途中で打ち留めにしていた。

学校を出たか出ないかの時期だったと思う、男友達のうちに招かれたことがあった。両親や兄弟たちも在宅と思い込み、身なりなどにも気を遣《つか》って出掛けていったら、家族全員お芝居に出かけて留守である。

居心地悪いような、嬉しいような気持で、応接間でレコードを聞いていた。ベートーベンかモーツァルトか、その手の鹿爪《しかつめ》らしいものだった。

そのとき、例の匂いが漂ってきた。

汲取屋がきたのである。

気取って音楽の解説をしていた男友達は、急に調子が乱れて来た。クラシックとあの匂いは、全く似合わないということがよく判った。

彼はムッとした顔で、黙り込み、坐っていた。

私はこういうとき、運が悪いたちである。良縁を取り逃し、オヨメにゆきそびれたのも、この辺に原因があったのかも知れない。

人の嫌がる仕事をして下さっているのだから、どのご用聞きより丁寧に応対しなくてはいけない、と教えられて大きくなった。

「ご苦労さまでございます」

と言わないと叱られた。

ところが、うちの飼猫は、自分は庭先で用を足し、お世話にならないせいか、大の汲取屋嫌いで、庭の冠木門《かぶき》の上に陣取っていて、下を通る汲取屋の頭の上にドサッと飛び下りたことがあった。四キロ以上もある大きな雄猫《おすねこ》だから、飛び下りられた方は、かなりびっくりしたらしい。

耳のうしろを引っかかれたというので、その人はひどく腹を立てた。

「人を馬鹿にしてる。飼主がそういう心掛けだから、猫も見習うんだ。汲まないで帰る」

と叱られ、猫の責任者である私は平身低頭して謝り、お茶を差し上げて、やっと勘弁していただいた。

「田園の香水」

とうちの父は言っていたが、あの匂いを嗅がなくなって、もう随分になる。

どう考えても、いい匂いではなかった。

時分どきにぶつかったり、気の張る客が来ていたりすると、具合が悪いこともあった。

せいいっぱい気取ったところで、人間なんて、こんなもんじゃないのかい、と思い知らされているようで、百パーセント威張ったり気取ったりしにくいところがあった。

今はそんなことはない。

昔は、あからさまに明るい電気で照らすにしてはきまりの悪い場所だったのが、今は、天下堂々、白一色、その気になればオシメの洗濯も出来ようかという、水洗トイレである。

見たくなければ、そのまま、水に流してしまえる。

他人《ひと》さまに下《しも》のお世話をしていただいているうしろめたさもなく、恐いものなしで大手を振って歩けるのだ。

男にも女にも恥じらいがなくなったのはこの辺が原因かも知れない。

街からあの匂いと汲取屋が消えたのと一緒に「含羞《がんしゅう》」という二つの文字も消えてしまったのである。

白鳥

夏の暑い日に、着物をシャキッと着こなしている人を見るのはとてもいいものである。今年こそ浴衣を着ようと思いながら、忙しさにかまけて、Tシャツやムームーまがいのガサツななりで夏を終えてしまうせいか、糊《のり》の利《き》いた白麻の着物に日傘をさして、汗もみせずに足早に歩いてゆく後姿をみかけると、何とたしなみのいい人もいるのだろうと感心してしまう。

その人も、まさにそういった私の溜息の対象の人だった。五十をちょっと出たか出ないかといった年配だろうか。踊りの素養でもあるのか、裾さばきも鮮かに私の前を歩いてゆく。

私は八百屋ものの入ったお使い籠《かご》を下げ、サンダルばきでその人の五、六歩うしろからついて歩きながら、しまったと思った。この道を通ってはいけなかったのだ。もう少し先の電柱の下に、捨て猫の入ったボール箱がある。

道端で捨て犬か捨て猫を見るくらい辛《つら》いことはない。哀れに思ったところで、拾ってこられるものでもなし、啼《な》き声に耳をふさぎ、捨てた人間に腹を立てながら帰ってくるのが関の山なのだ。見ると半日は気がふさぐので、往きに見かけると、帰りは別の道を通って帰るようにしていたのに、白い着物のうしろ姿に見とれて、同じ道をきてしまったのだ。

電柱のところで、白い着物の人の足がとまった。捨て猫の入ったボール箱をのぞき込んでいる。想像通り、垢《あか》ぬけした美しい横顔だった。

と、いきなり、その人は、片足をあげるとボール箱を側溝に蹴落《けおと》した。踊りの所作を見ているようだった。白い着物は何事もなかったように前を歩いてゆく。

私はぼんやりと立っていた。

暑い日ざしのなかで、それでなくとも弱っている仔猫は、あと半日保《も》たないかも知れない。ひと思いにこうするほうが情けというものである。だが、鮮かに形のキマッた白《しろ》足袋《たび》には、仏心は微塵《みじん》も感じなかった。

あの人は、猫が嫌いだったのだ。私はそう理屈をつけながら、側溝をのぞき込む勇気はなく、目をつぶるようにして走って帰ってきた。

金沢の兼六園で白鳥におどろかされたのは十年以上前のことである。

友人と三人で能登半島めぐりをやり、金沢にも立ち寄った。

このときのことは、ほかにも書いたが、兼六園の池のほとりでお弁当を食べているときに、大きな白鳥が泳ぎながら、上陸して、ガガ、ググと、品の悪い声を上げて、餌《えさ》をよこせと催促する。

知らん顔をして食べていると、嘴《くちばし》で私たちの膝小僧を突つく。

痛いしうるさいので、食べかけをほうってやると、飛びつくようにして食べる。

エビの尻っぽ。お多福豆の皮。投げてやって食べないものはひとつもなかった。

その食べかたの品のないことといったらない。そう思ってみるせいか、顔つきにも品というものがない。目つきも鋭い。何よりびっくりしたことは、上半身は、たしかに美しくバレリーナの如《ごと》く優雅なのだが、下半身は労働者もかくやというほど、妙にたくましいことである。

食べ終ってもキョロキョロとあたりを見廻し、二、三度、私たちの膝小僧を突つき、もう無いと見るや、池にもどっていった。

スーと音もなく水面を滑ってゆく姿は、まぎれもなく美しい白鳥で、私はその二重人格（?）に感心して眺めていた。

ふたつのことが重なったせいか、私は白鳥に対して、前ほどロマンチックなイメージを抱かなくなってきた。

サン・サーンスに「白鳥」というチェロの小品がある。私が女学生の時分、学芸会の劇で悲しい場面というと、伴奏音楽はこのレコードと決っていた。

「安寿《あんじゅ》と厨子王《ずしおう》」も「夜叉王《やしゃおう》」も、クライマックスは「白鳥」なのだから、いま聞いたらお笑いなのだろうが、昔はテレビドラマなどもなかったから、女学生たちは、みなこれで泣いたりしていたのである。

だが、それ以来、サン・サーンスの白鳥を聞くと、どうもあの光景が浮んできて、懐しい気持がうすれてしまう。

バレエ「白鳥の湖」も同じである。

「瀕死《ひんし》の白鳥」のソロなど、見ていて胸が切なくなっていたのに、あれ以来、どうもいけない。

気のせいか、バレリーナたちの下半身がたくましく、ガッシリしているような気がする。楽屋にもどると、「ああ、おなかがすいた」サンドイッチやお握りをパクついておいでになるのではないか。

「ああ、くたびれた」

トウ・シューズをポイと脱ぎ捨てたりしているんじゃないか、などと思っていた。トウ・シューズの下は、マメだらけで、足の指の格好なんかも変形してるんですって、という友人の情報もそれに輪をかけて、私は前ほどバレエを見なくなっていた。

この五月にベルギーへ旅行をした。

心に残ったのはブルージュという町である。日本でいえば京都か奈良といったところだろうか。ハンザ同盟やバイキングの歴史がそのまま赤い煉瓦《れんが》造りの建物と一緒に残っている、町ぐるみ美術館といったところである。

この町は北のベニスといわれるだけに町を運河が流れているのだが、そこでも私は一羽の獰猛《どうもう》な白鳥を見た。

観光客をのせた小型モーターボートに、襲いかかっているのである。

かなり大振りの白鳥だったが、モーターボートの舳先《へさき》に躍りかかるようにして、威嚇《いかく》する。何度も何度もしつこく繰り返し、水面に手をのばしている観光客の手に咬《か》みつくようにする。バタバタと羽をふくらませ、モーターボートに追いすがる。

五分おきにくるモーターボートをまるで待伏せでもするように、その白鳥は橋の下に待機しておどかしていた。

そのしつこさは、あたりの古典的な景色とはあまりに不釣合いである。だから白鳥は嫌いなのだと思い、私は行きかけてハッとした。

橋の下の岸辺に、もう一羽白鳥がいた。雌《めす》でどうやら卵を抱いているらしい。彼は女房子供のために闘っていたのである。

セーラー服

あれは新幹線の「こだま」だったか、食堂車へゆくので、何輛《りよう》かの車輛の通路を通ったことがあった。そのなかの三輛が修学旅行らしい男女高校生に占領されていた。

車内は大変な騒ぎだった。

大人しく席に坐って居眠りをしている子もいたようだが、大半のセーラー服と学生服は、立ち上って袋菓子を投げ合い、お八つの交換をしていた。

ジャーに入ったコーヒーだか紅茶を紙コップに入れ、友達に運んでいってやる女子学生。それを横取りして飲んでしまう男子学生。

「やめてよ、何とかクン」

と摑《つか》み合いふざけてもめているところを、小型カメラでスナップするのもいた。

車内中が蜂の巣をつついたようである。先生はいずこと見渡せば、隅の方で一人は本を読み、もう一人はぐったりと目を閉じておいでになった。

通路でふざけ合う学生服と、飛びかう袋菓子をかわしながら、やっと一輌を通り抜けると、連結器のあたりにも七、八人の学生服が居た。

男五、六人に女が二人ほどまじっている。

こちらは妙にひっそりとしていた。男の子は長髪にガクラン。先の妙にとがった皮の靴をはき、女の子は長いスカートに薄化粧をしている。

車内の大騒ぎを、「奴ら、子供だなあ」という風に、押し黙って外を見ていた。

女の子の肩を抱いている男の子もいた。

次の車輌のドアをあけると、さっきと全く同じ大騒ぎだったので、連結器のところに屯《たむろ》していたガクラン一派の静かさが対照的だった。

みんな発育のいいからだをしていた。

十六、七の筈《はず》だが、チビの私より首ひとつ大きく、胸やお尻も堂々たるものである。

三原順子や河合奈保子、たのきんトリオの田原俊彦や近藤真彦が団体で騒いでいるという感じである。

時代は変ったんだなあと小さくなって通していただきながら、ひとつだけ変らないものがあるのに気がついた。

匂いである。学生服特有の、ほこりっぽく脂くさい匂いである。

女学生の頃、スカートの寝押しは重大な行事であった。

女学校に入りたての頃には、母がやってくれたが、一学期の終り頃からは、私の仕事になった。

襞《ひだ》を一本一本丁寧に折り畳んで布団の下に敷くのだが、やり方はいろいろあった。

まず敷布団を一枚敷いたのを、柏餅のように半分折りにして、ちょうどお尻のあたるあたりの畳の上に新聞紙を敷く。この新聞紙もご真影や宮様方の写真が載っていたりすると親に叱られるので、よく調べてからひろげる。

その上にスカートをのせ、襞をひとつひとつ整える。その上に持ち上げてあった敷布団の柏餅をそっと戻すやり方がひとつ。

敷布団二枚に敷布をかけ、掛布団ものっけてからよっこらしょっと二つ折にして、寝押しをする。襞を崩さないように気をつけながら、そろそろともどすやり方である。

もうひと息というところで、何かのはずみか布団がドサッと掛って、はじめからやり直し、ということになってしまうことがある。眠いし、宿題はあるし、誰がこんな襞のスカートを考えたのだろうと恨めしい気持になった。

随分気をつけて寝押しをしたのに、寝相が悪かったのだろうか、朝起きてみると、襞が二本になったりしていることがある。今から考えれば何でもないことだが、その頃は胸がつぶれる思いがした。

父の仕事の関係で転校をした。

国定教科書の時代であったが、地方や、先生方によって教え方は随分違う。そっちの方でも戸惑ったが、悲しかったのは、転校した当座、一人だけ違ったセーラー服を着ていたことである。

転校するとすぐ、その学校出入りの洋服屋にいって誂《あつら》えるのだが、すぐその日には間に合わず、二、三日かかってしまう。あれが嫌だった。

そういえば、学期のはじめに記念写真を撮ったが、あのとき、一人か二人は違った服を着ている子がいた。みんなが夏のセーラー服なのに、一人だけは黒っぽい冬服を着ている、といった具合である。

洗濯屋にでも出したのが、何かの手違いでもどってこなかったのだろうか。今日は写真を撮るという日に、お腹が痛いと泣いて帰った子がいたが、あれは一人だけ違ったセーラー服が原因だったのかも知れない。

私は女学校五年のとき、セーラー服を縫う内職をしたことがある。

別に暮しに困ってやったわけではないのだが、妹たちに作ってやったセーラー服の格好がいいというので、注文がきたのだ。

セーラー服の上衣もズン胴ではなく、ウエストを少し詰める。スカートも、やはりズン胴でなく、ヒップのあたりに細工をしたり、規定よりすこし襞の数を多くする。

それだけで、ひと味違ったスマートなセーラー服になった。

戦後の衣料不足の時代で、ロクな仕立屋もなかったので、私はかなり繁昌《はんじよう》したのだが、さびしかったのは、お礼がさつまいもや南瓜《かぼちや》だったことである。

お礼のことはともかく、今考えると小賢《こざか》しいことをしたものだと思う。セーラー服はダブダブなくらいなのがいいのだ。体にピタリと合ったセーラー服など、ポルノ映画の主人公である。


昔のセーラー服は、いつも衿《えり》が光っていた。

替りがなかったこともある。石鹼《せっけん》も燃料も不足で、お風呂も一週間に二度とか三度という有様なので、髪もからだも垢じみていたのであろう。

今の学生たちは、毎日お風呂にも入れるし、セーラー服の替りもある筈である。それなのに、昔の私たちと同じ匂いがする。

あれは多分、ものが育つときの匂いなのかも知れない。

自分の気持やからだの変化が不安で、現実や未来をどう摑み取っていいか判らない。

明るいような暗いような不思議なものが、セーラー服の内側にあった。寝押しをするスカートの襞の奥にかくれていた。

それにしても、学生服は陸軍、セーラー服は海軍の服である。学生に軍服を着せる習慣は、いつ頃どうして生れたのだろうか。

骨

十代の頃、私は魚を焼くのが好きだった。

両親に、「邦子は魚を焼くのが上手だ」とほめられ、得意になっていた。

特に父は、

「お前が焼くと魚が違うなあ」

とほめちぎった。

たまに失敗しても叱らなかった。

「お前みたいな名人が焼いても、これなんだから、今日は魚が悪かったんだろう」

と言うのである。

口を開けば叱言《こごと》ばかりで、滅多《めった》にほめない人間にこう言われると、その気になってしまう。

私は焼魚というと、張り切って台所へ立ち、うち中の魚を一人で焼いた。

まず七輪の火の起し方、炭の組み方が焼き具合に大きく響くことを覚えた。鉄灸《てっきゅう》はよく洗って、ゴマ油を塗ると、魚がくっつかないことも判った。

魚の種類、季節、脂ののり方によって、火加減や焼ける時間に差のあることも、判ってきた。鰯《いわし》などを焼くときは、頭と尻尾を交互に鉄灸の上にならべると、具合よく焼けることも自分で考えた。

いまみたいに料理の本なども出廻っていなかったから、こういうことは、失敗しながらも、ひとつひとつ自分で覚えていった。

ささやかな発見や試みが出来てうまくゆき、ほめられると、天にものぼる心地だった。

今にして思えば、あれは父や母の深謀遠慮《しんぼうえんりょ》であった。

父は、食事のとき、母がつきっきりで世話をやかないと、きげんの悪い人間である。そのくせ、焼魚は、アツアツを食べたいという食いしん坊である。

そのためには、長女である私をおだてて、その気にさせるのが一石二鳥だったのである。まんまとおだてにのり、張り切っていたのが口惜しいが、おかげで魚を焼くのが苦にならなくなった。

その時分、覚えたことがもうひとつある。

気を入れて魚を焼くと、食べてくれる人間の食べっぷりがとても気になるものである。下ってくる魚の骨をみて、私は、これはお父さん、これはおばあちゃん、弟とあてることが出来た。

どういうわけか、わが家は父と弟、つまり男系のほうが、魚の食べかたが上手であった。


ピカソが魚を食べるところを、テレビで見たことがある。

ピカソの記録映画の一場面なのだが、三十センチほどの尾頭《おかしら》つきの頭を、手で持って食らいついている。

最晩年のものだから、九十に近いと思われるのだが、その自然なたくましさは、老人ではなかった。人間の男というより、大きな強い雄《おす》の獣という感じがした。

ピカソの手には、みごとに骨だけになった魚が残っていた。骨は、ピカソが作ったオブジェのようにみえた。魚の骨は、こんなに美しかったのか。どうしてこのことに気がつかなかったのか、と思った。


友人に料亭の女あるじがいる。

その人が客の一人である某大作家の魚の食べっぷりを絶賛したことがあった。

「食べかたが実に男らしいのよ。ブリなんかでも、パクッパクッと三口ぐらいで食べてしまうのよ」

ブリは高価な魚である。惜しみ惜しみ食べる私たちとは雲泥《うんでい》の差だなと思いながら、そのかたの、ひ弱な体つきや美文調の文体と、三口で豪快に食べるブリが、どうしても一緒にならなかった。

そのかたは笑い方も、ハッハッハと豪快そのものであるという。

なんだか無理をしておいでのような気がした。

男は、どんなしぐさをしても、男なのだ。身をほじくり返し、魚を丁寧に食べようと、ウフフと笑おうと、男に生れついたのなら男じゃないか。

男に生れているのに、更にわざわざ、男らしく振舞わなくてもいいのになあ、と思っていた。

その方が市ヶ谷で、女には絶対に出来ない、極めて男らしい亡くなり方をしたとき、私は、豪快に召し上ったらしい魚のこと、笑い方のことが頭に浮かんだ。

魚の骨がのどに刺さると、ごはんをのみ込めと教えられていた。

大きなかたまりを、のどに押し込むようにして、嚙《か》まずにのみ込むのである。

大抵の骨はこれで何とか送り込むことが出来た。

それでも駄目なときは、祖母が象牙《ぞうげ》の箸《はし》で、のどのところをさするようにして、

「ナンマンダブ、ナンマンダブ」

という。

それから、またご飯の固まりである。

この頃は、小骨の多い魚を食べることが少なくなったのか食べかたが上手になったのか、滅多《めった》に骨が刺さることはない。昔の、うす暗い電灯の下の、ささやかな夕食の情景に、骨が刺さって目を白黒させている子供というのは、似合っていたような気がする。外国の場合はどうなのだろうか。やはり、パンの固まりをのみ込むのだろうか。

女学生の頃、理科教室で、いきなりガイ骨が倒れかかってきたことがある。床の掃除をしていた私の上に、誰かが蹴とばしたのか、おおいかぶさるように、ガタンとかぶさってきたのだ。

私は、ギャアと叫び、雑巾《ぞうきん》バケツをひっくり返して尻餅《しりもち》をついた。

考えてみれば、随分おかしなはなしである。

毎日、血祭りにあげている、魚や、牛や豚の骨は格別怖くない。スペア・リブなどといって、豚のアバラ骨をこんがり焼き、丸かじりにしてよろこんでいる。

焼鳥も、頭からいただくし、鶏やウズラの脚の骨も手にもって、肉ひとすじも残さじと、やはり横ぐわえである。

それでいて、自分と同じ骨をもつ、人間のガイ骨がおっかないのである。人間同士なら、抱き合い、それこそ、互いの骨のきしみが聞えても、嬉《うれ》しくなりこそすれ、ギャアといって尻餅をつくことなどないのに、人間が人間の骨におびえている。

人はどうして、人の骨が怖いのであろうか。

骨が怖いのではなく、死ぬのがこわいのかも知れない。

桃太郎の責任

うちの電話機は、格好が撫《な》で肩のせいか、ベルを鳴らす前に肩で息をする。

女らしくて気に入っていたのだが、此《こ》の節《せつ》は電話のかかる度数が急に増えたせいか、そうそう気取ってもいられぬらしく、嚙《か》みつくように鳴ったりする。

ベルの音が荒っぽいと、受話器をとるこちらの手つきも邪険《じやけん》なものになる。

「向田です！」

「あたし……」

女の声である。

女として気働きがないせいであろう、私には「俺だ」といって電話をかけてくる男友達はいない。

ところが、「あたし」といって電話してくる女友達は五、六人いる。

「どちらのあたしですか」

と言いたいが、声で見当はつくわけだから、そういう意地悪は我慢して、もっと年をとってからの楽しみにとっておくことにしている。

「どしたの」

「どしたもこしたもないわよ。世の中、間違ってるわよ。さっきから腹立って腹立って」

「だからどしたのよ」

「うちじゃあ、朝、主人だけがご飯なわけよ。あたしも子供たちもみんなパンだってのに、主人だけは、俺、メシじゃないと腹に力が入ンない。会議なんかのときに、自信持って発言が出来ない、とか、いろいろ言うわけよ。

こっちだって、女の一生がかかってるわけだから、パンじゃ出世出来ない風に言われると弱いわけよね。まあ、この前のボーナスで電子レンジも買ったことだし、あ、あのねえ、ご飯一回一回炊くなんて馬鹿よ、あんた。あれはね、いっぺんにお釜《かま》いっぱい炊いて、あとは一回分ずつクレラップに包んで冷凍しとくのよ。クレラップ一枚じゃ駄目よ、二枚にしなきゃ。一枚だと、ご飯が風邪ひくっていうのかなあ、真白にカチビって、あといくらあっためても、モドんなくなっちゃうのよ」

「モシモシ、あたし、いま仕事中だから」

あとでゆっくり、と言いかけるが、どういうわけかこちらの声は聞えない片道電話になってしまうらしい。

「とにかくさ、そうやって、ずっと一人だけ朝はご飯だったわけだけど、あれ、狙いはおみおつけだったのよね」

「おみおつけ？」

「主人たらね、『おい、おみおつけは欠かすなよ、実《み》は若布《わかめ》がいい』。若布入れてりゃご機嫌だったのね。こっちも楽でいいから、三百六十五日若布だったんだけど、フフフ……ヤンなっちゃう」

電話の向うで、向うだけ一人合点で思い出し笑いをされるくらい馬鹿馬鹿しいことはない。

長くなりそうなので、足をのばして週刊誌を引き寄せ、ページをめくったりして備える。

「主人たらね、若いくせしてテッペン薄いのよね。それでさ、若布だったのよ。あ、そういえば、イギリスの、この間、結婚式した何とか殿下、あの方も、若布のクチよね」

「え？　ああ、プリンス・オブ・ウェールズ」

「なんとか寺院の上の方から撮《うつ》したとき、チラッとうつっちゃったんだけど、てっぺんの方はかなり薄いみたい。あれはお父さん似なのねえ。やっぱりさ、自分とこの主人がそうだと、どうしてもそっちへ目がいっちゃうのよね。でもさ、あの父子、王様としちゃ男前のほうじゃない？」

「若布のはなしなの？」

「そんなんじゃないのよ。うち、お米はずっと近所のお米屋でとってたわけだけど、この頃、米屋のおやじさんも年とったのね。折り目は正しいんだけど、耳遠いのかなあ、三キロ頼んだのに五キロ、十キロの袋かついでくるの。年寄りに持って帰れも言えないじゃない」

近所のスーパーで買うようになったが、つい昨日、米を買って帰り、といだところ、黒い穀象虫《こくぞうむし》が一匹、スーと浮いてきた。スーパーに電話したら、お宅の置場所が悪かったんでしょう、と取りあってくれなかったというところに落着くまで、私は女性週刊誌を一冊、斜め読みだが目を通すことが出来た。

女のはなしには省略がない。

女だけではなく、男にも「要するに」「要するに」を連発しながら、少しも要していないかたもおいでになるが、やはり、数でいえば女のほうに、それも私たち昭和ひとけたの世代にダラダラ型が多い。

私は尋常小学国語読本のせいに思えてならない。なかでも「桃太郎」の責任は重大である。

「昔々、あるところにおじいさんとおばあさんがいました。おじいさんは山へ柴刈りにおばあさんは川へ洗濯にゆきました」

おばあさんが川で洗濯をしていると、大きな桃がドンブラコドンブラコと流れてくる。

私たちは、これを暗記させられたのだが、そのせいであろう、子供たちの書く綴《つづ》り方はみな桃太郎式であった。

「遠足」という題で綴り方を書かされる。

「朝、目がさめました。お母さんがお弁当をつくっていました。私は洋服を着て靴をはきました。おばあちゃんが靴のひもを結んでくれました。お父さんは寝ていました。お母さんと学校へ行ったら、早過ぎて誰も来ていませんでした。私は少し泣きました」

小学校五年か六年の頃だったと思う。

祖母に連れられてお縁日にいった。人だかりがしていたのでのぞいたら、ステテコに腹巻き、ねじり鉢巻《はちまき》のオニイさんが、こよりを手に口上《こうじょう》を言っていた。

「入れました。出しました。子が出来ました。死にました」

このあたりで祖母が物凄《ものすご》い力で私の手を引っぱったので、これから先は見ることが出来なかった。

いまにして思えば、私の聞いたなかでこれ以上省略の利《き》いたセリフはなかった。

私の母は七十二である。格別の親孝行は出来ないが、年寄りだからと手加減せずつき合うことだけは実行している。そのほうが年寄りくさくならなくていいと思うからだ。

電話がかかってきたとき、仕事中や来客だと、私ははっきりという。

「いま忙しいから、略して言ってくれない」

「あ、そうお。じゃあ略して言いますけどねぇ」

「略して言うとき、いちいち断らなくてもいいのよ」

「本当だねえ、それじゃ略して言うことにならないものねぇ」

「そうよ。で、どしたの」

「略して言うとね――あとで電話する」

電話はガシャンと切れてしまうのである。

ハンドバッグ

大佛《おさらぎ》次郎氏の名作のひとつに「帰郷」がある。

このなかで、亡命のような形で長い間日本を離れていた父親が、十何年ぶりかに南方から故国へ帰り、娘に逢う場面があった。

手許《てもと》に原作がないので記憶で書いているのだが、出逢いはたしか庭園である。父は美しく成人した娘に、ハンドバッグをあけてもいいかとたずねる。娘がうなずく。父親はハンドバッグをあける。中はキチンと整理されていた。父親はわが子が行い正しい娘に成人したことを嬉しく思うという感動の場面である。

映画のこのシーンをごらんになって涙をこぼされたかたも多いと思う。私も泣いた一人だが、私の涙はほかのかたとひと味違っていた。

もし、私の父がこの主人公だったとしたら、というのは、原作者に対して誠に申しわけない想像だが、曲げてお許しをいただいてつづけると、もしうちの父娘《おやこ》だったら、とてもこういう具合にはいかないと思うからである。

十何年ぶりに父が娘にめぐり逢う。

うちの父は、普段は気短かですぐどなる人間だが、根っ子のほうは涙もろく子煩悩《こぼんのう》の一面もあったから、「帰郷」の主人公の如《ごと》く平然としてはいられず、ウウウと男泣きに泣き、眼鏡は曇るわ洟《はな》は出るわで見苦しい場面になるに決っている。

せいぜい我慢をしたとしても、「ハンドバッグをお見せ」というところで駄目になる。何故《なぜ》ならば、私のハンドバッグときたら、整理整頓もあらばこそ、やたらといろんなものが突っ込んであるからだ。

何しろ、この間うちなど、カニが一匹入っていたくらいである。

中華料理店で夕食のとき、前菜にカニの老酒《ラオチュー》漬が出た。「酔蟹《スイシエ》」とかいう美味《おい》しい一品だが、どういう間違いか、一匹分頼んだのに二匹出てきてしまった。

こういう場合、私のハンドバッグの中に忍ばせてあるビニール袋が活躍する。

犬のお土産に、といってもって帰るので、こういうのを「ドギー・バッグ」というらしい。勿論《もちろん》犬は匂いだけで人間さまが頂いてもいいわけである。私も、ドッグならぬ猫のためと称して、ときどき余慶《よけい》にあずかっている。

このときも、ご出席の皆様のお許しをいただいて、カニ一匹分をビニール袋に忍ばせた。口許を縛る輪ゴムも用意済みである。

三つ四つに切ってあるとはいえ、カニ一匹はかなりかさばるが、私のバッグは、イザという場合にそなえた伸縮自在の型なので、ちょっとふくらんでいるな、という程度で、そのままバー一軒、ディスコ一軒をハシゴした。

ところが、ディスコで、私はカニの匂いがホールにただよっているのに気がついた。ニンニクじゃあるまいし、カニはこんなに匂いが強かったかしら、と言いながらバッグを見て、アッとなった。薄茶色のバッグの下半分がコーヒー色に染まっていた。

カニの脚や爪が、ビニールの袋を破り、中のものが沁《し》み出してしまったのだ。いくら手入れをしても、このバッグからはカニの匂いが消えなかった。老酒と油のついたところはカパカパになり固くなって、二度と使うことは出来なかった。

いつもカニが入っているわけでもないが、女のバッグには随分不思議なものが入っていることがある。

バケツ型のバッグを抱えている友人がいる。大事そうにレースのハンカチをかぶせてあるが、ピクピク動くので、そっと透かしみたら、超小型犬のチワワが眠っていた。動いていたのは、うす桃色の花びらのような犬の耳であった。

ニューヨークのワシントン・スクエアで陽なたぼっこをしていた女子大生のズックの

バッグが半開きになっている。悪いと思ったがのぞいてみた。

煙草とライター。小銭入れ。それに黒くて丸っこくて、ブツブツした皮膚をしたものがうずくまっている。ヒキガエルか、とドキッとしたが、これは老眼のせいで、よく見たら果物のアボカドであった。

おひる代りにでもするのだろうか、ゴロンとひとつ、バッグの底に転がしていた。あとは口紅ひとつ、ハンカチ一枚入っていなかった。

大きいバッグを持つ女と、小さいバッグの女がいる。

中仕切りのいくつもある産婆の往診のような（今はこんな形容詞ははやりませんねえ）超大型バッグを持っている人に、何が入っているのと伺うと、各種預金通帳から実印、各種証明書、火災、生命など一切の保険・証券のたぐい。指環、イヤリングなどの装身具一式が入っていたので、肝をつぶしたことがあった。

反対に、バッグなんか持たないわ、というひともいる。持たないわと威張ったって、持っているじゃないの、といったら四角い箱型のものをパチンとあけてみせてくれた。

万年筆とシャープがセットになったのを入れて売っている合成皮革のケースであった。

その人は、黒いしゃれたこの入れものに車のキイと香奠《こうでん》袋を入れ、私とならんでお焼香をすませた。喪服用の黒のバッグがないなどとオロオロすることはないなあと感心したことがあった。ユニークな個性と演技で評判になった女優さんである。

私の身近な例でいうのだが、大きなバッグを持って、一切合財《いっさいがっさい》抱えて歩く人は長女が多い。

ハンカチ持たずちり紙持たず、せいぜい口紅一本と小銭ぐらいで、イザとなったら誰かに借りるわ、という超小型バッグのひとは末っ子タイプ、少なくとも長女ではないような気がする。

もうひとつ言えば、大型バッグの人は、借金が出来ない。文句言い言い貸し方に廻る人である。

こういう人は、旅行に出かけるときも荷物が多い。

二、三日の旅行にも、裁縫セット、避難用の懐中電灯から各種お守り、目薬、肩こりの時の痛みにきく何とかエレキバンまでご持参である。ホテルでプレスに出すと、時間がアヤフヤだからというので、小型アイロンまで入っていたので、びっくりしたことがあった。

男女は同権とかいわれるけれど、女がハンドバッグを抱えて歩いている間は、ほんの半歩だが、男よりうしろを歩いている気がする。

格別の理由はないのだが。

有《ゆう》眠《みん》

丸一日かかって、テレビの脚本を一本書き上げた。ラスト・シーンを渡して、ひと息入れたところで、夜の会合に出なくてはならない。お風呂に入ってさっぱりしたいのだが、睡眠不足で入浴して失敗をした経験がある。ギリギリまで仕事をして、ブラジルへ飛んだときだった。さすがにくたびれて、ホテルに入り、すぐお風呂に入った。浴槽に熱めの湯を張り、からだを伸した。

「極楽極楽」

おばあさんみたいなひとりごとを言って、目をつぶった。

ふと気がつくと、いやに寒い。冷たいのである。

私は水風呂に漬《つか》っていた。指の先がふやけて、十本の指全部に、温泉マークのしるしがついていた。

外国のバス・タブは、外人向きにつくられているのでひょろ長い。チビの私は、沈まぬように足の爪先を伸して、向う岸にくっつけ、腹筋をピンとさせ、あごを伸し背伸びする格好になり、それでも不安なので片手で、あれは何というのであろうか、浴槽用転倒防止安全棒につかまってやっとご入浴になる。

お湯が水に変るまでの時間、よくもまあブクブクと沈まなかったものだと感心した。アマゾンへ出かけて、ホテルの浴槽で溺死《できし》、ではあまりに恥ずかしく死んでも死にきれない。

はなしが横道にそれたが、そんなわけで正式の入浴は危険である。

では、シャワーとゆきたいところだが、私はもとのところでこの種の器械を信じていない。いきなり熱湯が吹き出して知人が大火傷《やけど》をしたことがあった。二十何年も昔のことで、いまは器械も改良されているのだろうが、それ以来、私はいつでも逃げ出せるように、ヨーイ・ドンの姿勢で、用心しいしいシャワーを浴びるので、浴び終るとぐったりとくたびれてしまうのだ。

お風呂も駄目、シャワーも嫌だが、原稿を鉛筆で書いているので、手がうす汚れている。そうだ、洗濯をしよう。それなら気分もさっぱりするし、ついでに手も綺麗《きれい》になる。

私は洗面所で小物の洗濯をはじめた。

そして、ゴツンと頭をぶつけて目がさめた。

ぶつけたのはおでこである。私は立ったまま、両手を洗濯物に漬けたまま居眠りをしていた。お湯が水になっているところをみると、十分やそこらは直立不動の姿勢で眠っていたらしい。遂に力尽きてガクンとなり、蛇口におでこをぶつけてしまったらしい。おでこは赤くなり小さなコブが出来た。指先には十個の温泉マーク。白くふやけてしまい、外出着に着がえたとき、スナップをはめることが出来なかった。

物を書く人間には不眠症が多いという。

私は、もともと物など書く職業になろうなど夢思わず、どうしても女一人、働いて食べてゆくのなら、体操の先生かスキー指導員になりたいと思っていたせいか、いまだに不眠ということを知らない。

不眠どころか、眠れて眠れて仕方がない。

この仕事こそチャンスだ。頑張らなくちゃ、と原稿用紙をひろげる。テレビドラマ一本の製作費は、何千万単位である。二十六週連続となると、三億だか四億のお金がかかっている。成功の全責任は私にある、とうぬぼれているわけでもないが、一本目の脚本が大きく物をいうことは事実である。心を引きしめていいものを書こう。気負っているところが、原稿用紙の白いマス目をみるとフウッと眠くなってしまう。ときほどそうなのだ。

何だか頭がボウッとしているな。これではいいものは書けないから、軽く眠ってスッキリさせよう。こう思っているらしい。

いまは、そう大して眠くないけれど、締切も大分過ぎていることだし、やがて催促の電話が鳴りはじめると、全く眠る時間がなくなるぞ。今のうちに軽くひと眠りしておこう。こうも考えているらしい。とにかく、原稿用紙の上にうつぶして、本式に眠ってしまうのだ。

「これは寝過ぎた、しくじった」

子供の時分歌った「兎と亀」の歌は、私のテーマ・ソングである。

同業の友人で医者の奥さんがおいでになる。私の眠り癖を心配して、眠気を押える薬というのを恵んで下すった。白い小さな錠剤である。

原稿用紙をひろげて、私は考えた。

眠くならない薬が手許《てもと》にあると思うせいか、すこしも眠くない。しかし、イザというときのために、この薬がどれだけ利《き》くかためしてみよう。

私は白い錠剤を一粒のみ、ソファに横になった。目を閉じて寝たフリをしてみた。この薬が本当に利くのなら、寝たフリをしても、私を起してくれる筈である。

ところが、ものの五分もしないうちに私はいい気持で眠っていた。次の晩も私はためしてみた。また眠ってしまった。白い粒は十粒ほどあったが、その薬をのむと、いつもより早く、スーと眠れた。スイス製の薬だったが、私は眠りを押える薬に挑戦して勝ったと自慢していた。十年ほど前のはなしである。どう考えても利口《りこう》じゃないな、ときまり悪く思っている。

どこででも眠れる特技がある。

電車、バス、汽車、飛行機は勿論《もちろん》、打ち合せの会議中でも眠ってしまう。それも船を漕《こ》がずストンと眠る癖があるらしい。

テレビの番組二つをかけ持ちしていた頃、A局で台本の打ち合せをしていた。例によって居眠りをしてしまった。夢うつつの中で、

「では向田さん、ご意見を」

プロデューサーの声がする。こういうとき、人の声は、耳の中に水が入ったときのような音に聞える。

私は泡くってしゃべりはじめた。しゃべりはじめてから、B局のドラマについてしゃべっていることに気がついた。皆がけげんな顔をして私を見ている。私はいきなり大きな声で笑った。眠気をはらうには、大声で笑うのが一番いい。笑っているうちに目が覚めてきた。

取りつくろい、しゃべろうとしたとき、プロデューサーがおかしそうに笑いながらこう言った。

「間違ったでしょ」

私もお返しにこう言った。

「そうなのよ、××さん」

××さんというのは、B局のプロデューサーの名前である。

私はおしゃべりな人間で、ひとつの言葉を選ぶことが出来ないので俳句はつくれないが、もし将来、何かの間違いで句作をすることになったら、俳号はもう決めてある。有《ゆう》眠《みん》である。

クラシック

はじめてヨーロッパへ行き、ホテルのラジオをつけた時の感動を忘れることが出来ない。

パリのホテルだったから、ラジオのアナウンスはフランス語である。考えてみれば当り前のことだが、初体験というのは、こんなことも嬉しいのである。

だが、私が感動したのは、その次に流れて来たシューベルトの弦楽四重奏曲だった。たしか「ロザムンデ」かなんかだったと思う。

「ああ、よかった」

と思った。

日本で聞いていたシューベルトと同じだった。

「あたしが聞いていたシューベルトはアッていたんだ」

そう思って感動したのである。

父から「社歌」というのを習ったことがあった。

父は六十四年の人生のうち四十年をある保険会社に捧げた人物である。その会社ではじめて社歌が出来た。近々、有楽町の日劇を借り切って大発表会がある。そのときに社員の家族も招かれているわけだが、わが家も一人残らず参加して、一緒に大声で歌いなさい、という。面倒くさいなあ、と思ったが、嫌だなどと言おうものなら、どんな目に逢うか判っている。戦争はとうに終っていたが、わが家に民主主義はまだ来ていなかった。

夕食が終ると、父は歌詞を書いた紙片を私たち家族に配ってから歌いはじめた。歌というよりお経であった。山もなければ谷もない。聞かせどころをサビというが、そんなものはどこを探してもみつからなかった。ただ、だらだらと続くだけである。

うちの父は音痴である。

小学校のとき、ほかの科目は甲だったが、唱歌と図画は丙《へい》であったと自分でも認めていた。どうにか一人前に歌えるものは「君が代」と「ハトポッポ」。あとは「観音経」ぐらいである。

私たちが疑わしそうな顔をすると、父は大真面目に腹を立てた。

「会社のホールで、ちゃんと専門家がみえて歌唱指導をしていただいたんだ。今度だけは絶対に間違えないよ」

仕方がない。母も私も妹たちも、父の歌う通りに覚えた。私はオッチョコチョイなせいであろう。歌などは覚えが早く、ミュージカルを見ての帰り道、テーマ・ソングなどうろ覚えで口ずさめるのだが、どういうわけかこの歌だけはひどく覚えにくく、何度も父に叱られた。

さて当日である。

父は出かける前に、

「社歌発表会だけじゃない。アトラクションとして映画もついているから、みんな間違いなく来なさい」

念を押して出かけていった。

身なりも父の言いつけ通り、第一種礼装で、といっても学校の制服だが、兎《と》にかく身なりを改めて出かけていった。

映画が終り、いよいよ社歌発表である。

どなただったか忘れてしまったが、男性歌手が壇上に立ち、オーケストラに合せて歌いはじめた。

全然別の歌であった。

歌詞は同じだし、歌い出しと歌い終りはやや似ているものの、到底《とうてい》同じ歌とは思えなかった。山もあり谷もあった。ちゃんとサビも利《き》いていた。

このときの苦い経験は後遺症となって残ってしまった。子供のときから聞いている日本人が演奏したクラシック音楽は、父の社歌ではないが、本場の人たちの演奏するのとは違うのではないか。気持のどこかでひけ目を感じていたのであろう。


小澤征爾《せいじ》氏が中国のオーケストラを指導するのをテレビで見たことがあった。教えるほうも教わるほうも真剣だった。ベートーベンだかモーツァルトだかの曲を繰り返し繰り返し演奏していた。だが、その音は正直いって西欧のものではなかった。ヴァイオリンは胡弓《こきゅう》に近かった。

梅蘭芳《メイランファン》が出てくる京劇。あの劇中でジャンジャーンというドラや太鼓と一緒に演奏される伴奏音楽のように聞えた。

同じ譜面、同じ楽器でありながらどうしてこうも違うのだろうか。肌の色、言葉、着るもの、食べもの、すべての違いは、こんなところにも出てしまうのだろうかと思った。

父の転勤で、ひと頃、仙台に住んだことがあった。

私は東京で学校に通い、夏休みと冬休みだけ帰っていた。

今みたいに特急がなかった頃なので、ギュー詰めの汽車で八時間近くかかって仙台へ着く。夜遅くなっている。次の朝はぐったりして寝坊をしてしまうのだが、ある朝、うつつのうちに、不思議なものを聞いた。

妹が英語のリーダーを読んでいる。

「自転車が走っています」というような文章だったと思うが、そのアクセント、イントネーションが東北弁なのだ。

私は妹のそばへゆき、アクセントを直した。それじゃあ、ここでは通用しても東京へ帰ったら、いや、イギリスでもアメリカでも通用しないよ、と言った。

妹はベソをかいて、

「でも、この通り言わないと先生に叱られるもの」

仙台なまりでもう一度読んで聞かせてくれた。


昔々のことになるが、友達に誘われて、歌声喫茶というところへ行ったことがあった。

「ステンカラージン」や「赤いサラファン」「ボルガの舟唄」などを、ルパシカを着た歌唱指導員の指揮にしたがって合唱する。

はじめは面白かったのだが、次第に熱っぽ過ぎる空気がうっとうしくなった。ここで手を組んで合唱すればみんな仲間だというような、大げさに言えば集団恋愛のような狎《な》れ狎れしさが嫌になり、足が遠のいてしまった。

ついこの間、仕事関係の会があり新宿へ出かけた。帰りに、私と同じ昭和一桁《ひとけた》世代の男性とご一緒になった。昔、同じ歌声喫茶へ通ったことがある、というはなしになり、久しぶりに寄ってみましょうかということになった。

すべては昔と同じであった。ルパシカはGパンに変ったが、歌唱指導員が「赤いサラファン」をやっている。その人は突然、こう言った。

「ではそこのお父さんとお母さん、歌ってみて下さい」

お父さんとお母さんというのは、私たちのことであった。

（「週刊文春」昭和56年6月4日号〜9月3日号）

テレビドラマ

ライター泣かせ

百二十年前の、中小都市に住む渡世人、それも売り出しの親分の女房は、一体どういう一日を送っていたのであろうか？

テレビドラマ「清水次郎長」のお蝶サンがそれである。朝は何時に起きるのか、目覚しも、いや時計だって無かったろうに、どうやって目を覚したのだろう。歯は何で磨くのか、化粧品は？　朝食のおかずは何だろう。卵は茹《ゆ》でたのか、それとも、生でごはんにかけたのか？　新聞もテレビのモーニング・ショーもない。次郎長夫婦は子供がないから、子守りも幼稚園（寺小屋）の送り迎えもない。スナック菓子をポリポリやりながら、女性週刊誌や「婦人公論」を読むわけにもゆかぬ。

およそドラマに登場する女たちの手持ち無沙汰《ぶさた》ほどライター泣かせはないのである。

男ならそれでもいい。男は床柱を背に腕組みしたり、縁側でカカトの皮でもむしっていてくれればすむが、女がそれではホームドラマはサマにならないのである。何もしないで「かっこ」がつくのは九条武子夫人とデビ夫人くらいのもので、ナミの女は、小まめに体を動かしてくれないと、セリフが書きにくい。

江戸の末期ですらこの騒ぎだから、これが鎌倉時代、八百年前となると、もう、絶望的である。去年脚色した「北条政子」はその意味で全く閉口した。

政子サンは、伊豆の大金持の令嬢である。そうそう作者の都合で掃除洗濯もさせられない。

やむを得ず、「花を活ける」とト書きに書いたところ、日頃温厚なディレクターO氏が、「花は……ねえ」と珍しくシブい顔をする。

「花の首が落ちるといって武士の家では嫌ったらしいですよ」

浅学非才《せんがくひさい》を恥じて、髪をくしけずるに改めたが、一事が万事この始末であった。いかに八百年前でも、足の爪はのびただろうから、湯上りに爪を切ってもらおうと思ったが、さて当時の武家の娘の湯上りの衣裳、更にハサミの形、となると、もう見当がつかない。ただでさえ原稿がおそくて大道具小道具さんを泣かせているのだから、とまたしても

「政子、髪をくしけずる……」

スーパーどころかロクな商店もないから買物も出来ぬ、茶の湯いけ花、歌舞音曲《かぶおんぎよく》のけい古ごともまだ普及していないし――愛する夫頼朝公のために朝夕一パイの茶ぐらいいれてやりたいと思っても、当時茶をのむ習慣はまだなくて白湯《さゆ》ではどうにもシマラナイ。

かくて、想像力貧しい脚色者につきあった佐久間良子さんは、十回の連続ドラマの中で、何かというと、髪をくしけずっていた。申しわけないと反省している。

ドラマ書きにとって有難くないことの一つに世の中が早口になったことがある。八年前「七人の孫」ではたしか四百字詰め原稿用紙で六十五枚で充分だった。ところが「時間ですよ」では八十枚書かなくては足りないのである。

聞きかじりだが、明治天皇が五箇条《ごかじょう》の御誓文《ごせいもん》を議会でお読みになったスピードは、現代のテンポからすると、まるで御詠歌であるという。あのゆるやかなテンポで質疑応答が繰り返される国会ですら、明治にくらべたら驚くべきスピードアップというから、ホームドラマの人物が早口になっても不思議はない。しかし書き手にしてみれば、物価は上る、原稿料はその割に上らない、枚数だけが増えてゆくでは、ツレないではないかとむくれていた。

その点、時代劇はいいぞ。はるか末座に武士が平伏する。「近う《ちこ》」「もそっと近う」「かまわぬ、もそっと」「ハハア」とか何とか……。セリフにしても悠々たるテンポで進んでゆく。五十五枚も書けばお釣りがくるぞ——と思ったら、早計であった。

テレビの時代劇はもはや現代劇なのだ。武士はすでに殿のそばまですり寄って、耳打ちするところから始めねばダレるのである。かくて「『清水次郎長』は七十五枚お願いします」。

仕方がない、時代劇とは現代劇から電気製品とマスコミを差引いたもの。そう思うことにしよう。八百年前だって、百年前だって、女は、けっこう忙しく、何かをしていたに違いないのだ。時代考証にビクビクしないで、闇の中に目をこらせば、政子チャンやお蝶夫人のしぐさがもっと見えてくるに違いない。男と女のかかわり合いは、今も昔も変りはないのだから。

昨今、私は反省をこめて、こう居直っている。

（「婦人公論」昭和46年10月号）

ホームドラマの嘘

「ホームドラマの家族はどうしてテレビを見ないの？」

もっともな質問であります。

「そりゃ見てますよ。テレビの画面にうつる時に見てないだけよ。本当のとこ言えば『寺内貫太郎一家』だって、ドリフターズの『8時だヨ！　全員集合』見ながらご飯食べてるかも知れないけど、お父さんもお母さんも口、モグモグ動かして目はテレビの画面に釘づけで、時々アハハハと笑ってる——では、話が転がらないでしょ」

「貫太郎は本当にブン殴ってるの？」

「本当にブン殴っていたら、とっくにお葬式が出てますよ。殺陣師《たてし》みたいな、擬闘のプロがついていて、段取りつけて、その通りにやってるのよ」

「毎週、ガラスが割れたり障子が滅茶滅茶《めちゃめちゃ》になるけど、次の場面ではちゃんと直ってるわね。あれ、おかしいんじゃない？」

暴力ドラマを書いているせいか、気が荒くなって、このへんへくると、けんか腰です。

「いちいちガラス屋に電話したり障子はったりしてるところ見せてたらダレるでしょ！」

「あのねえ」

「でも何だか嘘って感じするなあ」

「そういうのは嘘っていわないの『約束ごと』っていうの！」

それからねえ、と尚《なお》もアラ探しをつづける友人の前に私は原稿用紙をバンと置きます。

「一時間ドラマっていうけど、中身は四十五分なのよ。四百字の原稿用紙で、十八枚書くとCM、また十八枚書くとCMになるのよ。18×4＝72枚。中で、テーマはハッキリ。主役は立てろ、ただし、AさんとBさんのからみは三シーン。CさんDさんはからめません。Eさんは映画とダブっているのでセリフを少なく。見せ場はタップリ、遊びも入れる。笑いあり涙あり。為《ため》になって面白く、幼稚園の生徒からお年寄りまで受けるホンを書けっていわれてやってるのよ。ガタガタ言わないで頂戴《ちょうだい》よ！」

日頃の恨みもこめてつめ寄るので、友人はあわてて話題を変えたりしています。

ホームドラマは嘘が多いといわれます。書いている私自身、その通りだと思います。しかし嘘つきはホームドラマだけではありません。ドラマはみんな嘘つきです。メロドラマの女主人公は、収入がいくらか存じませんが、高価な衣裳を取っかえ引っかえ。

掃除洗濯一切せず。何を食べていつトイレに行ったやら。それでも皆さん寛大なのは、見る前からすでに「酔わせて頂戴」という、半分身をまかせた雰囲気《ふんいき》でご覧になるからでしょう。

刑事もの然《しか》り。歴史ドラマまた同じです。

ところが、かくもお情け深いお茶の間が、ブラウン管にお父さん役者とお母さん役者が並び、子供役のタレントがまじって、ご飯を食べる――ホームドラマになると、一瞬にして、ドラマの嘘発見機と化するのです。

これは何故《なぜ》でありましょうか。

答は簡単です。視聴者全員が、ホームドラマの「経験者」だからなのです。

人間の体験なんて、タカが知れています。浅丘ルリ子さんの「冬物語」のような大恋愛を体験した人は、何万人に一人でしょうし、人を殺したり殺されたりも滅多《めった》にあるもんじゃありません。「勝海舟」の脚本を書いておいでの倉本聰さん以上に幕末のことをご存じの方は、そういないでしょう。なるほどねえと感心しているうちにドラマは終って、よかったわねえで、また来週になるんでしょうがその点、ホームドラマは全く不運です。

ヘタすると、脚本を書いている私よりも、演じている役者よりも、家庭については体験豊かな人たちが、ご覧になっているのです。

おまけにホームドラマは、現実とそっくりな、「本当らしさ」の中で進行します。セットもお宅と変らない茶の間です。震えがくるほどの美男美女も出てきません。お豆腐は一丁六十五円だとか、「おみおつけの実は何だい」だの、「東京の新聞は活字が違うね。あ、背中、搔《か》いてくれよ」なんていう下世話《げせわ》なセリフのすぐとなりに、恋愛、夫婦、結婚——なんて生きる死ぬの大問題とサンドイッチのようにはさんでお話をすすめてゆかなくてはならないのです。小さな嘘もすぐ見破られてしまいます。

この場合辛《つら》いのは、「省略」「誇張」「飛躍」「戯画化」と嘘をごちゃまぜにされてしまうことなのです。当方の技術のつたなさもありますが、まあまあうまくいったな、という場合でも、

省略＝もっとキチンと描いて下さい

誇張＝現実は、あんなもんじゃありません

飛躍＝ご都合主義ねえ

戯画化＝マジメにやれ。軽薄！

という批評になって返ってくるのです。わが大和民族は、生《き》マジメなんでしょう、丁寧と実直がこの上なくお好きのようです。ではホームドラマを省略なし、飛躍なし、原寸大に描いていたら、昔の歌舞伎じゃありませんが一日かかります。「寺内貫太郎一家」だけのために一日一局、買い切りにしていただければ、私も、どなた様のお口にもあう

ようなドラマを——といいたいところですが、ドラマから、省略や飛躍を差し引いてしまったら、「退屈」しか残らないでしょう。

一体皆様はどっちが見たいのですか！

退屈でも真実のドラマがいいのか、面白いものを楽しみたいのか。もし、面白いもの、とおっしゃるんなら、少しぐらいの嘘は、大目に見て下さい。いや、嘘の間に、チラチラと、本当のことだってあるのです。

放送作家の適性は何であるか、という質問に、私はいつも次のように答えております。

①胃腸が丈夫

②おしゃべりで楽天的

③嘘つきであること

申しおくれましたが、これはホームドラマの書き手の場合でありまして、良心的な社会派ドラマをお書きになるかたはあてはまりません。

書き手の体質や性格は、ドラマの登場人物に反映します。胃弱の書いた人物は、どことなく胃が痛そうで、気勢が上らず、視聴率も上りません。締切が迫ろうが、新聞批評で叩かれようが、人の噂も一週間と、よく食べよく眠れる神経の持主でないと、この商売はつとまらないのです。

寡黙《かもく》な人も、向きません。ホームドラマはおしゃべりドラマです。いちいちナレーションを入れるわけにいきませんから、登場人物たちは自己紹介から始まって、過去・現在・未来にいたるまで、セリフでやってのけなくてはなりません。

無口な人は、原稿用紙の上でその分苦労することになります。そして、暗いより明るいほうがよく、理屈っぽいよりも、要領のいい人のほうがやり易《やす》いことになります。

そして、――一番大きな条件は嘘のつける人。二十五年も連れそった夫婦が、あんなにペラペラ胸の中をしゃべるものか。ここで嘘をついてはならぬ、と考え込むよりも、本当の気持を伝えるための手段として、小さな嘘は止むをえない。ご免遊ばせと、嘘をつかせて頂く。しかも、大方の皆さまには覚《さと》られないように上手につく。

こうならべてくると、男よりも女のほうに向いていることがお判りでしょう。

「ホームドラマぐらいなら、あたしにも書けそうだから」とよく言われますが、本当にその通りなのです。女性はみんなホームドラマが書けるのです。

ただし、腕の悪い保険の勧誘人みたいに、自分のことを書いて、親兄弟を書いて、友人のことをひとわたり書いたらネタ切れでは、商売として成り立ちませんけれど……。

まあ、これは冗談としても、女は家庭を肌で知っています。家族を、四季の花やおかずや衣服や細やかな生活習慣の中で捉えています。

そして、小さく嘘つきです。大きな嘘のつける人は政治家におなりなさい。小さな嘘のうまい人はホームドラマをお書きなさい。私はそうすすめています。

ホームドラマにも二通りあります。

シリアスなものと、私がやっております「寺内貫太郎一家」のようなコミカルなものです。

どちらがお好きかは皆様のお好みですが、コミカルなものは、どうもマジメ派に比べて一段下に見られているように思われます。

喜劇より悲劇が上等。

ナンセンスな笑いより身の引きしまる感動のほうが高級ということになっているのでしょう。「真実一路」は「嘘も方便」より上等なんでしょうか。

マジメに語られるとすぐ、真実と信じてしまう。

ふざけながら演ずると、他愛《たわい》のない低いものだと決めつけてしまう。どうもそんな気がします。

マジメなドラマの中の嘘を見抜くことはヘタクソで、フマジメ・ドラマの中のちらっと横切る真実をみつけて下さることも、また、あまりお上手でない、そんな気もしています。

実生活の中では、人は大小さまざまな嘘をついて暮しています。

「嘘をついたことのない人、手をあげて」

といった、あげた人が一番の大嘘つきだ、というあのジョークの通りです。

そのくせ、人はドラマの中の人物像に妙に「真実」を求めるのです。その真実は、私に言わせれば、「本当の真実」ではなくて、テレビドラマ的な、「程のいい真実」にすぎないと思うんですが。

そして、この程のいい真実すら、冒頭で書いた、18×4=72の、ドラマの枠の中では至難のことなのです。また、真実を述べるためには、そのために多少の嘘もつかなくてはなりません。

何から何まで本当ずくめのドラマなんてないと思って下さい。本当のようにみえるドキュメンタリーでも、面白いものは、「やらせ」といって、ちゃんと演出が、つまり本当らしい嘘の操作がなされているのです。

私は横着《おうちゃく》なこと、と、頭が悪いこともありまして、「真実一路」は、あきらめることにいたしました。

ゲリラみたいなやり口ですが、こうなったからには、出来るだけ面白そうな嘘をつこう。あったような、本当のような嘘をつこう。ひょっとして、嘘の中から、チラリと真実の一瞬が、のぞかないものでもないじゃないか。

そう居直っていますが、最近、あるプロデューサーが忠告してくれました。

「向田さん。『寺内貫太郎一家』みたいなのばかり書いてると、何十年やっても、天皇陛下の園遊会に招《よ》んでいただけないよ」

テレビの中で、冗談を言うのも、なかなかむつかしいものです。

親の命日を忘れても、このドラマは見て下さい、と、役者さんに言わせたところ、熊本県の校長先生から長い長いお手紙を戴きました。

「私は、あなたの書くものをよく拝見して、ひいきにしている人間である。だが、あの発言はもってのほかで失望した。戦後道徳教育がすたれ、親孝行もかろんじる風潮があるのをなげかわしく思っていたところ、あなたの『だいこんの花』を見た。森繁久彌扮《ふん》する父親と竹脇無我の息子の情愛が実に日本的で、大いに成功していたが、あの発言は全く裏腹ではないか！」

大変なご立腹で、私はどうお返事を書いたものか、先生の能筆にひきくらべて我が乱筆を悩んでいるうちに日が経って、失礼をしてしまいました。

これもドラマのセリフで、「女は結婚すると、歩きつきまで変ってしまう。娘時代はハイヒールをはいて颯爽《さっそう》と歩いていたのが、サンダルを突っかけて、パタコンパタコン言わせながらスーパーへ――」とやったところ、次の日、テレビ局へ行くと、局の担当者が、中年の男性方四、五人と、ヒソヒソ話しているのです。

サンダル屋さんのおえら方が抗議に見えたのですが、これなど氷山の一角。

一言のセリフも逃さず聞いていただいて有難うございます、とお礼を申し上げながらも、もう少し、のんびりと、テレビを見ていただけないものでしょうかという気もしてきます。

ついでに言うならば、家庭で皆さまが日常使っておいでの言葉で、テレビではタブーのことばがあるということ。

「気違いに刃もの」はダメ。

気違い、ということばがいけないのです。

気違い水（酒）ももちろんノー。

「あの子はアカだよ」のアカもダメ。

女中もダメ。土方もダメ。お手伝いさん、労務者と言わないといけないのです。土方と言わせて、夜中に、「労務者」のかたに、電話でこっぴどくどなられたこともあります。もっとも、このときのおにいさんがたは、一パイ聞こしめして、飯場《はんば》から何人も交替で掛けていて、私が釈明しましたところ、実に気持よく許して下さって「しっかりやれ」と激励のお言葉まで賜《たま》わっていい気分でしたが。

家庭中で、ごく普通に使っている言葉が使えなくて、突っこんだやりとりも随分甘口になることがあります。これも広義に考えれば、ドラマの嘘。文学や絵画や音楽の分野では、ポルノ解禁をはじめ、だんだん人間の自由さを謳歌《おうか》する風潮になっているのに、テレビは、ホームドラマはうっかり冗談も言えない部分があるのです。時に小さく傷つけても、ハッキリ現実を見たり言うほうが、本当のやさしさではないのかなあ。

「ホームドラマじゃあるまいし」

「ホームドラマみたいなセリフ、言っちゃった」

こうからかわれているところを見ると、ホームドラマは、真実の家庭生活のミニアチュアではないのかも知れません。

時には他愛のない夢であり、時にはマンガなんでしょう。ホームドラマがどれほど真実の家族関係に肉薄しようと、または、ヌケヌケと大嘘をつこうと、視聴者の皆さんの家庭生活には、何の影響もないでしょう。

目くじら立てて、嘘だの、真実だの、と言って下さるようなものの、ホームドラマは所詮《しょせん》は、夕食の、おかずの一皿なのです。

うまくいったところで夫婦げんかの仲裁役か寝酒代り。一夜あければ、ケロリと忘れてしまういっときの娯楽なんです。そして、夜がくれば、また別のホームドラマが待っているのです。

テレビドラマの嬉しいことは、一瞬で消えることであります。なんだかんだといったところで、あとから見ることは出来ないのです。私のような無責任派には、こんな有難いことはありません。心おきなく「嘘」がつけるというものです。

ドラマの書き手がドラマ以外の場で発言したりお願いをするのは邪道だと思いますが、ひとつだけ聞いて下さい。

嘘をみつけるな、とお願いしても、無理でしょうから、どしどし嘘をみつけて下さい。ただしあなたも一緒に、嘘をお楽しみになりませんか？　なるほど、こんな考え方、言い方もあるんだなあ、とも、考えて下さい。一億も人間がいるんだ。ひょっとして、こんな奴もいるかも知れないな、と思っていただけないでしょうか。

こういう目で眺めていただけると、安い予算で、拙速《せっそく》で作っているホームドラマも、そう捨てたものではありません。

そして、あたしなら、この場合、こういう嘘をつくのにな、と、もっと上手な嘘を、――本当らしい面白い嘘を、パッパッと思いつかれるようになったら、あなたは、ホームドラマの書き手として、食べてゆけます。いや、それ以前に、あなたの家庭は必ず円満です。私が保証いたします。

（「婦人公論」昭和49年9月号）

テレビドラマの茶の間

「テレビドラマのお茶の間って、ほんものよりずっとせまくて汚ないのね」

「寺内貫太郎一家」のスタジオを見学した私の友人の娘さんは、びっくりしたような顔をしてこういった。

おっしゃる通りである。「寺内貫太郎一家」の茶の間は、せいぜい四畳半そこそこ。すすぼけたタタミに、塗りのよくない食卓が一つ。小だんすに食器棚。それも、安ものである。あとは小さな電話台に一輪差し。今どきこんな殺風景《さっぷうけい》な茶の間はまずないだろう。

ところが、ここに、小林亜星サン扮する貫太郎が坐り、加藤治子サンの里子サンがならんで、周平こと、西城秀樹クンがぶっとばされる。お馴《な》染《じ》みきん婆さんこと、悠木千帆サンが入り乱れると、皆さまお馴染みの「貫太郎一家」の茶の間になってしまうのである。

考えてみると、私は十年前の「七人の孫」に始まって、「きんきらきん」「時間ですよ」「だいこんの花」「じゃがいも」など、随分沢山《たくさん》のホームドラマを書いてきた。そして、いま気がついたことは、皆さんに多少なりともおほめにあずかったドラマの茶の間は、申し合せたように、せまくて小汚ない日本式のタタミの部屋だったということである。

ひと頃はやった、小坂明子さんという若い方の作詞作曲の歌で、「あなた」というのがあった。その中で、将来「あなた」と住みたいと夢みている理想のうちがでてくる。記憶に間違いがあったらお詫びするけれども、たしか赤い屋根、青い芝生の白い家で、居間には暖炉があり、「私」はロッキング・チェアかなにかでレースを編んでいるのではなかったろうか。

いかにも若い、無垢《むく》なお嬢さんの考えるスイートホームらしくて、あのひたむきな歌いかたと相まって、私も好きな歌だったけれど、これをそのままセットにしてテレビドラマを書いたら、多分、失敗するに違いない。

よっぽどうまい設定で、人間臭い役者がやらない限り、何となくコマーシャルフィルムじみて、切実な感じが少ない。泣いても笑っても絵空事になってしまいそうな気がするのだ。

だから、私は新しいドラマの企画をつくるとき、まず、茶の間はなるべくせまく、汚ないタタミの部屋にする。間違っても皆さんが憧れるような、ステキな家具は絶対に入れない。カーテンも、インテリアの雑誌から抜いたようなモダンなデザインはやめて、あるのかないのかわからないようなねぼけた色にしていただく。ピアノやフランス人形、タレントさんの応接間にあるような大きな縫いぐるみもカンベンしていただく。そして、洋服ダンスの上には古い洋服箱を天井まで積み上げて、箱の横側には、「父、夏、背広」とかなんとか書く。ザブトンも、いま、フトン屋さんから届きました、というのはしまっていただいて、センベイブトンそのままの、小さくて、お尻の下にオナラの匂いのしみこんだようなのをそろえていただく。

セットがそんなあんばいだから、その中で演技をする役者さんも、モード雑誌から抜け出したようなガウンや小紋の着物では、なりとセリフがトンチンカンになるのであって、せいぜいカスリの着物かGパン。お父さんはステテコやどてらがよろしい。要するに、決して、理想の家、夢の茶の間にしないことが、愛されるテレビドラマの茶の間になるコツなのである。

考えればフシギなことである。

こんなにマイホームが叫ばれているのに、ごく手近かに夢の叶えられるテレビのホームドラマの茶の間に、その実現をのぞまないのはなぜなのだろう。

もし、あなたに一億円差し上げて、理想のマイホームをつくっていただくとする。

まっ白のリビング・ルーム。モダーンなダイニング・キッチン。きっとそういうのをおつくりになるだろう。しかし、一年たち、二年たつ。あなたは、本当にそこに安らぎをお感じになるだろうか。

汚れやすい白い壁。何かこぼすとすぐシミになるフカフカの淡色のジュウタン。いつも正式晩餐会《ばんさんかい》のように、背スジをまっすぐにしないと納まりの悪いダイニング・セット。あなたは、少々くたびれてこないだろうか。

足の裏が汚れていても、気にならない、少しいたんだタタミにあぐらをかいて、足の爪を切る楽しみ。鼻クソをほじって、チャブ台の裏にこすりつけるひそかなよろこび。手をのばせば、耳カキでも栓ヌキでもすぐに出せるせまい茶の間。そして、ひざのぬけたGパンと着馴れた去年のセーター。ついでにいえば、欠点だらけでお互いあきているのだけれど、気のおけないだけいいや、といったわが家族。どうみても美男でも美女でもない、同じような形の悪い鼻と小さな目……。

小汚ないせまい茶の間は、そういう気楽な人生の休息時として、一番ふさわしいのではないだろうか。

（「家づくり」昭和49年10月号）

名附け親

「寺内貫太郎一家」というテレビドラマを書くようになって、一番多く頂いた質問は、主人公の名前の由来であった。

「寺内寿一《ひさいち》元帥と鈴木貫太郎大将から取ったんだな」

年輩の男性のかたはみなそう言われたが、これは当っていない。東京谷中《やなか》の石屋の話であるし、寺も近いことだから姓は寺内。昔気質《むかしかたぎ》でデブの大男のイメージだから、重たそうな古い度量衡《どりょうこう》の貫の字をもってきて、それに太郎をくっつけて――貫太郎。なにひとつ迷わずスンナリと決めた名前である。カンタローという音《おん》も、どこか実直で間が抜けているし、表札や墓文字としても納まりがよさそうで、自分でも気に入っているのだが。

先日、一視聴者だが、と男の声で電話があって、男の子が生れたので、貫太郎と命名しようと思うといわれたのにはびっくりしてしまった。うちには、コラットという種類の猫がいる。あちこちにもらわれて行った五十四余りの子猫たちの中には、貫太郎と命名されたのも三匹いるが、これは猫である。テレビドラマの主人公の名を、人間サマの子供につけるのはどんなものか、と思ったが、弾んでいる相手の声に、軽はずみにおやめなさいませ、とも言えず、おめでとうございます、とだけで電話を切った。

少しばかり心配になったので、古い占いの本を引っぱり出して、寺内貫太郎の姓名判断をやってみた。字画を数えて運勢を見るのである。それによれば、貫太郎は吉凶表裏の相があるという。生れ持った福運と、豪快な気風で名声を天下にとどろかせる吉運であるが、一歩あやまれば不遇破滅の恐れもあるとなっている。

さもありなんである。気短かで、カッとなると親だろうが女房だろうがぶっとばすあの暴力は、ヘタすると生活破産者になりかねない。それを救っているのは女房里子の内助の功であり、あの家族の温かさであり、ひいては作者の腕なんだ、と安心したりうぬぼれたりしたところで、もう一人、貫太郎の母親寺内きんを引いてみた。

悠木千帆扮するこのおきん婆さんもなかなか人気があるらしい。もっとも、生れた子供にきん、とつけたいと申し出たかたはまだないようだが、とにかく彼女の運勢を占うのも命名者の義務であろう。

寺内きん――十五画

福寿双全の暗示あり。人当りよく――これは当っていない。ドラマのおきん婆さんは、自分に得になると踏めばお愛想もするが、人当りは極めて悪いからだ。まあ当るも八卦《はっけ》、当らぬも八卦、先を見よう。幾分強情なむきがあるが、常識に富むため円満に世をわたり、社会的地位にもめぐまれ、最後の幸福を握る。

子供にも恵まれ家庭運もよい運数だとある。この人物は、日本のお婆さんにしては大胆というか奇矯《ききよう》といおうか、出るの引っこむのという騒ぎも毎度のことなのだが、運勢で見る限りは、息子の貫太郎に死に水を取ってもらって、大往生を遂げるようで、作者としても安心をした次第である。因《ちな》みに、このきんという名前は、私の祖母のを借用した。

どちらかといえば横着《おうちゃく》なほうだが、それでも二十六回連続のドラマの主人公ともなると、名前には多少苦労をする。雑誌の懸賞当選者発表のページなどを参考に、役のイメージに合っていて、呼び易《やす》く、しかも字画のあまり多くないものを選ぶのである。間違っても黒柳徹子などという書くのに骨の折れる役名はつけないことにしている。

いつぞや、私の家に遊びにみえた客が、紺のガラスの壺に、細長い画用紙を七、八本挿《さ》してあるのを見つけ、何ですかとおっしゃった。答は簡単で、男の役名なのである。私は、男のそれも職人などには、幾つかの好きな名前を持っていて、使い廻すことにしている。

イワ、タメ、サブ、ロク、テツ、ヨネ等々で花代りにこの名前を書いて活けていたのである。ただし、同じサブちゃん、ヨネさんでも、出演して下さる役者さんが決ると、その個性に合せて、本名を考える。「寺内貫太郎一家」でいえば伴淳三郎氏扮する石工のイワさんは、倉島岩次郎であり、左とん平氏のタメ公は榊原為光という按配《あんばい》である。メモも取らず筋書も作らずに書くたちなので、名前にまつわる失敗も多い。お手伝いの名前を〝スズコ〟にしたのはいいのだが、前半を印刷所に渡して、昼寝から覚めたら名前を忘れてしまった。たしか北海道名産の海産物だったような気がするなあ……と半分ねぼけた頭で考えて〝タラコ〟にして、ディレクター氏に笑われたこともあった。

気持の底に、名前と人物――という観念があるせいか、タクシーに乗ると必ず運転手さんの名札を拝見する。なるほど、この人物にこの名前か……と感心することも多い。テレビニュースの犯人の名前と写真も興味がある。生れた時は親もよろこび、洋々たる未来を願ってつけたのであろう、立派な名前が、あまり立派とはいいかねる顔の下に、空《むな》しく見えるのも皮肉な眺めである。

今までに随分と沢山《たくさん》のドラマを書き、登場人物たちに名前をつけてきたが、自分の名前をつけたことは一度もない。つけようと思ったこともない。名前など一時の符牒《ふちょう》であると思っているがどこか居心地悪く書きにくそうだからである。

好きな名前、取っておきの名前というものもある。「じゃがいも」というドラマの中の森光子さんの演じる三沢たみ子、などもそうである。この人の演《や》った「おかめひょっとこ」のしま子という名前も好きだった。

ヤボったい名前が好きだから、亜矢子とかマリアとか、若手の歌い手さんのようなしゃれた名前はまずつけない。ブラウン管の上では半年の命だが、年とっても似合う名前を――と、心のどこかで考えてつけている節《ふし》もあるようだ。

最近では、新番組「山盛り食堂」の、赤沢鯛子という名前が気に入っている。両親がおめでたい一生を送るようにつけたということになっているのだが、テレビドラマ初出演を祝うつもりで、都はるみさんに差し上げた。

彼女も金目鯛のような顔をして、いい名前ですねえと気に入っていたようだが、さて、ドラマの上の出来栄《できば》えはいかがなものだろうか。

（「銀座百点」昭和50年10月号）

家族熱

二十年ほど昔のことだが、映画雑誌の仕事をした時期がある。今は無くなってしまったが「映画ストーリー」という雑誌の編集をやっていた。

洋画会社の宣伝部から、新着映画のニュースを集め、題名が決っていなければ、適当に訳して仮題とし、スタッフ、キャストをにらみ合せて適当なページを決め、ストーリーに直す仕事は、今の仕事と、どこかで関連がないこともない。あの頃も今も、題名では苦労をしている。

ある日、松竹洋画部から電話があり、カーク・ダグラスの新作が入荷したという。題名は「悪党部落」。聞くだに凄《すご》そうなので、早速《さっそく》グラビアにまとめ、題名の方も大きくのせたところ、これは「アクト・オブ・ラブ」（愛の行動）。

何と、恋愛映画であった。

当時の電話の性能が悪かったのか、私の早とちりか、一月ほど、私は下を向いて歩いていた。

ワーナー映画宣伝部からの電話も、魅力的であった。

「今、アメリカで評判になってる新人のゼームス・デンの主演で『遺伝の東』が入ります。大きく扱って下さいよ」

グレート・デンのいとこみたいな名前だな。医学ものかな、と思ったが、ふと気がついた。電話の向うの宣伝部のO氏は、かすかだが訛《なまり》がおありになる。

「『遺伝の東』ですか、『エデンの東』ではないんですか」

「そうですよ『イデンの東』です」

エロインピツのイですか、とあやうく言いそうになったが、訛にジャケンなのは東京生れの悪い癖である。これは、有名な原作があったために、あやうく恥を掻《か》くことは免《まぬが》れたが、こんな調子で思い出してゆくと、キリがない。

電話で聞いた原題やダイヤローグ・シートの題名を、辞書を引いて調べ、それに、ちょっとニュアンスをつけて、仮題を作り載せたのが、偶然、向うさまもそう思ったのであろうが、同じ題名で本決りになり公開されると、何やら自分が名附け親のようで、嬉しく、その映画には、点が甘くなった。そういうのが幾つかある。

テレビドラマを書くようになって、題名も随分沢山《たくさん》つけたが、自分なりに気に入っているのは次の三つである。

「色はにおえど」「七つちがい」「寺内貫太郎一家」

三つ目については、寺内元帥と鈴木貫太郎大将をミックスしたのだろうと言われるが、これらは全くの間違いで、石屋で寺の境内にあるので寺内、デブの大男なので日本の古い度量衡《どりょうこう》を表す貫に太郎をくっつけただけのことである。墓文字にして、座りがよく、響きがキッパリしているので迷うところなくこれに決めた。

「冬の運動会」というのも嫌ではないのだが、NHKの和田勉氏などは「冬の動物園」とおっしゃる。間違えられるというのは、やはりいい題とは言い難い。

ところでいま書いているのは、「家族熱」である。

もともと私は、何かの間違いで、物を書くようになった人間だから、ドラマの題名なども大上段にふりかぶったのはどうも気恥ずかしく、どこかおどけて、エヘへと頭を掻いているようなのが好きであった。ところが今度は、プロデューサー氏に、

「たまには居直って下さい」

「身を切って下さい」

とおどかされて、私にしては、まじめな題である。といっても、この言葉、私の造語ではない。ウィーンの性科学者シュテーケル先生のことばである。

そもそもの発端は、いつも、畳のゴミを拾うような、滑った転んだばかりを描いているのだが、たまには立派なおはなしでもと思い、旧約聖書の「ロトの妻」のエピソード

からヒントを得たことにはじまる。

「ロトの妻」とは、ご存知の方も多いと思うが、「創世記」の「ソドムの滅び」の中の義人ロトの妻である。悪徳の街ソドムを滅そうとした主は、ロトとその妻に「逃げて汝《なんじ》の命を救え。うしろをかえりみることなかれ」という。しかし、ロトの妻は、火に包まれるソドムをあとに走り逃れながら、うしろをふり向いてしまうのである。

「ロトの妻は瞬時にして塩の柱となりぬ」とあるが、シュテーケルは、ふり向いた理由を家族熱（FAMILITIS）であると分析している。

モーパッサンの『女の一生』のジャンヌが、はじめての夜に夫に愛情を感ぜず、ひいては冷たい結婚生活から破局へ到るのも、生れ育った家や、父親に対する愛が強すぎるためではなかったのか。人生に対するうしろ向きの視線のせいではないのか。そのへんのテーマに、離婚をからませて、女を幸福にも不幸にもする家族熱、更に家族とは、血なのか、愛情なのか、また歳月なのか、考えてみたいと思っている。もっとも、生来粗《そ》忽者《こつもの》の私のことだ。出来上ってみたら「悪党部落」や「遺伝の東」になっていないとも限らないのである。


（「婦人公論」昭和53年8月号）

胃袋

ごくたまに、タレントと呼ばれる若い人と世間ばなしをすることがある。

デビュウ作品を伺うと、十人が十人、はっきり覚えていて、すぐに題名を教えて下さる。ところが、

「脚本はどなた？」

と聞くと、十人のうち九人が、

「え？」

と素頓狂《すっとんきょう》な声を立てる。

「台本を書いた人の名前」

追い討ちをかけると、座頭市のような白目を出して考えこんでしまう。十人のうち七人は、まず答えられない。

さらにもう一問、

「台本は取っておありになる?」

と聞くと、

「どしたかな。ええとォ」

そばのマネージャーの顔を見ながら言葉を濁《にご》す。ちり紙交換のオート三輪にのっけましたとも言えないので困っているらしい。

かく言う私も、自分の台本のほとんどを捨ててしまうので、この件に関しては比較的寛大である。

「台本は捨ててもいいけど。作者の名前ぐらいは覚えといてね。みんな無いチエ、絞って書いてるんだから。カサ張るもんじゃないんだし」

やんわりお願いすることにしている。お願いしながら、これがテレビなんかなと気がつくのだ。

テレビは消える
消えるがテレビ
テレビドラマは、新聞や週刊誌と同じなのだ。次の、次の週になると、もう誰も覚えていない。ごくたまに、三年前に書いたドラマのシーンやセリフを忘れない方《かた》がおいでになったとしたら、これは奇跡と思った方《ほう》がいい。

「ひとつ積んでは家のため」

賽《さい》の河原で石を積む子供を思い出してしまうのだが、こういう場合、こちらとしては、どうしたらいいのだろう。

一年に一本でもいい、五年十年たっても忘れさせない、寒気のするような凄《すご》い台本を書くか、さもなかったら、身体を大事にして長期戦にそなえるかのどちらかであろう。

私は生れ月が射手座で（この星は口に毒があり、ひとつところにじっとしていられないオッチョコチョイが多いとか）ねばり気ゼロの人間だから、せいぜい胃袋を大切にして、この前代未聞の怪物との闘いに備えようと思っている。

（「放送作家ニュース」昭和54年2月号）

一杯のコーヒーから

「一杯のコーヒーから
夢の花咲くこともある」
子供の頃、洗濯をしながら母がよくこの歌を歌っているのを聞いた記憶があります。当時、うちでは紅茶はいいけれどもコーヒーは飲ませると夜中に騒ぐという理由で子供は飲ませてもらえませんでした。早く大人になって思いきりコーヒーというものを飲んでみたいと思っていました。

会社の伝票でコーヒーが飲めるから出版社へつとめたわけでもありませんが、二十八歳の私は、雄鶏《おんどり》社という出版社で「映画ストーリー」を毎月つくっていました。主として外国映画のストーリーを紹介する雑誌です。入社して五、六年目だったと思います。

お恥ずかしいはなしですが、私は極めて厭《あ》きっぽい人間で、何でもはじめの三年ほどは面白いと思い熱中するのですが、すぐに退屈してしまうのです。この仕事もそうでした。世間様より一足お先に試写室でタダで映画が見られる。グラビアのネーム（記事）を書いたりサブ・タイトルをつけたりする。こまかい囲み記事を書き、乏しい英語の学力で辞書を引き引き海の向うのスターのゴシップ記事をでっちあげてページを埋める楽しみをひと通り味わってしまうと、あとは、広告取りから割りつけ、校正までを三、四人でやらねばならない中小出版の疲労が残りました。アメリカ映画やフランス映画の黄金時代が終り、本場のアメリカでも擡頭《たいとう》してきたテレビに押されてスタジオが売りに出されたりというニュースが飛び込んできたりしていました。つとめ先の景気もあまりよいとはいえず、部数はどんどん落ちてゆきます。結婚もせず、お金もなく会社の先行きもあまり明るくない——すべてに中途半端な気持で、その頃の私はスポーツに熱中することで憂さを晴らしていました。

冬のことです。

松竹本社の試写室で、毎日新聞の今戸《いまど》公徳《きみのり》氏と一緒になりました。今戸氏は広告の担当でうちの編集部にもよく顔を出しておられました。

「クロちゃん、スキーにいかないの」

クロちゃんというのは私のあだ名です。夏は水泳、冬はスキー。白くなる暇がありませんでした。いつも黒いセーターや手縫いの黒い服一枚で通していたことも理由かも知れません。

「ゆきたいけど、お小遣いがつづかない」「アルバイトをすればいいじゃないの」「でも社外原稿を書くとクビになるんですよ」

というようなやりとりのあと、このあと氏はお茶に誘って下さいました。松竹本社のそばにある新しく出来た喫茶店でした。

「テレビを書いてみない！」

雑誌の原稿は証拠が残るけど、テレビなら名前が出ても一瞬だから大丈夫だよ。よかったら、紹介してあげるといわれるのです。

時間が半端《はんぱ》だったせいか、明るい店内は、ほとんど客がいません。新製品なんでしょう、いやに分厚くて重たいプラスチックのコーヒーカップは、半透明の白地にオレンジ色の花が描いてありました。置くとき、ガチンと音がしました。コーヒーは、薄い、いまでいうアメリカンだったと思います。

テレビはちゃんと見たことがありませんでした。盛り場や電気屋の前でプロレスを人の頭越しにチラリと見た程度です。

「映画を沢山《たくさん》見ているから書けるよ」という今戸氏の言葉にはげまされて、新人作家でつくっている「Ｚプロ」の仲間に入れていただきました。週に一度、集って、日本テレビの「ダイヤル一一〇番」用のシノプシスを発表する。出来がいいと脚本にする――という段取りでした。

私は駅前のそば屋でこの番組を見せてもらい、スジをひとつつくりました。殺された男はたばこをすいかけであったが、マッチもライターも持っていない。火を貸した男が犯人じゃないか——というような——いま考えるとかなり他愛《たわい》ないしろものですが、きっとほかになかったんでしょう。これを脚本にしてオン・エアすることになりました。と、いっても私は犯罪音痴兼位階勲等音痴で、部長刑事と刑事部長とどっちが偉いのか何度レクチャーを受けても忘れる始末なので、同じ仲間の先輩格服部氏が共作者として加わって下さいました。題名はたしか、「火を貸した男」。ディレクターは北川信氏であったと思います。原稿料は——八千円だったか一万二千円か、そのへんでした。オン・エアの次の日、出社して、バレはしなかったかと、かなりビクビクしていましたが大丈夫でした。人気番組と聞いていたけど、たいしたことはないなと思って、ちょっとガッカリした覚えがあります。

以来、お小遣いが欲しくなると、スジを考え、もってゆきました。スキーにゆきたい一心で、冬場になると沢山書くようになりました。いってみれば季節労働者です。この頃の台本は、最初の一本も含め、全く残っておりません。

よもやこの職業であと二十年も食べることになろうとは夢にも思っておりませんでしたから、オン・エアが終ると台本は捨てていました。日記もつけず、数字年号日付が全くダメときていますから、どんなものを何本書いたかも記憶にありません。

覚えているのは、あの日、プラスチックのカップで飲んだ薄いコーヒーの味ぐらいです。

あの時、今戸氏にご馳走《ちそう》にならなかったら、格別書くことが好きでもなかった私は、今頃、子供の大学入試に頭を抱える教育ママになっていたように思います。

歌の文句にある夢の花は、私の場合、まだまだ開いておりませんが、コーヒーの飲みすぎで夜型となり、夜中いつまでも起きていて騒ぐのが癖になりました。どうもあの歌がいけなかったようです。

年代は覚えていませんが、フラフープがはやっていました。「黄色いさくらんぼ」が街に流れていたような気がします。このすぐあと、皇太子が正田美智子さんと結婚されて我が家もテレビを買いました。安保は次の年でした。この頃の私の財産は健康と好奇心だけでありました。

（「ドラマ」昭和54年8月号）

モンロー・安保・スーダラ節

内職に「週刊平凡」のアンカー・ライターの仕事をするようになったのは昭和何年だったのか、私は数字に弱いので思い出せませんが、はじめての記事のことは覚えています。

ディマジオと新婚旅行に来日したマリリン・モンローをマッサージした人へのインタビューで、指圧師には惜しい弁舌と異様に発達した親指にびっくりしました。

この人が、後に「指圧の心は母心」で選挙に打って出たのでもう一度びっくりしました。

映画雑誌の編集部につとめながらの仕事でしたが、当時デスクだった甘糟章《あきら》氏は、

「ビジュアル（視覚的）な文章を書いて下さい」

と言われました。

このひとことは、そのあとのテレビドラマ、更に随筆、それから小説を書く上に大き

な暗示になっています。

原稿を書きあげたら、安保のデモで国会周辺で何かあったらしいというので、編集部の人たちと通りかかったら、車が燃えていました。新宿のビアホールで、女子学生一名死亡のニュースを聞きました。

その頃私は、特派記者「幸田邦子」という名刺を使っていました。気の早い人が、「幸田文《あや》さんのお嬢さんですね」

というので、「とんでもありません」というのに大汗を掻《か》いていました。「スーダラ節」「こんにちは赤ちゃん」が流行《はや》っていました。

原稿料の面でもかなり優遇していただいていましたが、私は、この会社の伸び伸びとした空気が好きでした。

威張る人、意地の悪い人、いじけた人は、どこを探しても見当りませんでした。多少時間にルーズで、机の上が乱雑なところも、私の性分にぴったりでした。

あまり愉しくない事件のなかからでも、それをまず面白がって、そこから人間臭いものを見つけようとする編集部の姿勢には、とても教えられることがありました。

私がお世話になったのは、一年半足らず。ほんの短い期間でしたが、いただいたものは原稿料だけではなかったと、この頃になって思います。

そのせいでしょう、「アンアン」や「クロワッサン」からお声がかかると、昔住んでいたうちの近所の人からお茶にでも誘われたみたいにいい気持になって、「はい、やらせて頂きます」と弾んだ声で答えてしまうのです。

（「人間・平凡出版35年史」昭和55年10月）

灰皿評論家

タクシーに乗っていて交通渋滞にひっかかるのはなんともいらいらするものだが、運転手さんの話が面白いとだいぶ救われる。

どんなきっかけか忘れてしまったが、テレビの話になった。もちろん相手は私の商売のことはご存じない。

「ドラマは、なにをご覧になるの？」

かれは二つ三つ題名をあげた。そのころ、私は二つほど書いていたが、私のははいっていなかった。嫉妬《しっと》を感じながら、私は重ねておたずねした。

「どこが面白いの？　やっぱりスジかしら？」

「スジのほうは女房が見てっけどね」

かれは一呼吸おいて答えた。

「なんたって、灰皿がいい」

初老の運転手さんは、ゆっくりとたばこをくわえて火をつけた。

「ほかのドラマは滅茶苦茶《めちゃくちゃ》だな。素人のうちなのに、待合みたいな灰皿置いてやがる。あれじゃあだめだよ」

目的地へ着くまで、かれは堂々の論陣を張ってテレビドラマを論じたが、その基準はドラマのなかで使われる灰皿の善《よ》し悪《あ》しであった。

私の知り合いに、息子夫婦と別居している女性がいるが、この人は私のドラマが終るとかならず電話をかけてくる。

「あの加藤治子のタクアンの切り方はなによ、お茶のいれ方もなってないし、アンタ、よく黙っているわねえ」

彼女にとって、テレビドラマは嫁いびりの代償作用なのだ。

テレビドラマの見方はさまざまである。

大衆小説の代りに見る人もいれば、身上相談と受け取る人もいる。女優の衣装や髪形を参考にする人もいるし、ドラマのなかのただ一点、灰皿だけをながめている人もいるのである。

プロの評論家先生にもおほめいただきたいし、こういう町の声なき評論家にもご満足をいただくものを書きたい。ライターとはまことにつらい商売なのであります。

テレビの利用法

たしかアメリカの小説だったが、「愚かな箱」という言葉が出てきた。テレビのことであった。読んだのはいまから十年ほど前だが、なるほど、と思った。

よく世間では、テレビに出たり、テレビ番組を作ったりするのは三流の人間で、見ているのは二流。テレビなど絶対に見ない人種を一流というそうだが、どちらにしても、テレビにあまりけっこうなほめ言葉はついていないようだ。

だが、この「愚かな箱」も頭の使いようで、さまざまな楽しみかたがある。たとえば西部劇の見方だが、四、五人の友人をテレビの前にならべ、アテレコの声を一切消して、一人が一人の人物をうけ負って、勝手気ままにセリフをしゃべるのである。この場合、スジはもちろん、人物が善玉か悪玉かなども知らないほうがおもしろい。なにがなんだかサッパリわからないが、その人物の個性が出て、しかも、ストーリーはトンチンカンな方に発展し、ヘタな喜劇より数倍面白いし、頭の体操にもなる。

ドラマも、一時間ものをじっとすわって拝見する、などという律義なことはなさらなくてもよろしい。ここと思えばまたあちら。ツバメのような早わざで、七つ（東京）のチャンネルを三分おきにグルグル回してみるのである。こうしてみると、トラ刈りにした七頭の羊を上からみるようだが、こうやってみても、面白いドラマは面白いのだからふしぎである。

私の知人のうちの猫は、料理番組がはじまると前に坐ってじっと見るし、ある映画評論家の飼い猫は大の野球狂で、テレビの画面のボールをつかまえようとパッと前肢《まえあし》を出し、ジャンプをするそうな。

そこへゆくとわが家のオス猫は、飼い主に似てグータラベエで、テレビをみると、ただその上にねそべって、テレビドラマを書いている女主人を、小馬鹿にした顔でみつめるだけである。私は音を消し、テレビを猫の保温箱にして、仕事をするのである。

イチスジ

放送作家になりたいが……という手紙や電話を頂戴《ちょうだい》することがある。筆無精《ふでぶしょう》なのでご返事はお許しを願っているけれど、一人暮しなので電話は出ないわけにいかない。そのなかで、中年の女性らしいお声でこんなのがあった。

自分は、あなたのドラマに出てくる程度のエピソードなら、山ほど知っている。書けると思うのだが、全体のスジがどうもうまく作れない。コツを教えて欲しい。

おでん屋ではないから、スジの作り方といわれても困ってしまう。私自身、どなたかに教えていただきたいほどですから、とあやまって電話を切ったことがあった。

「一スジ、二抜け、三役者」ということばがあるそうな。

映画の人たちがいい出したものらしいが、企画脚本が第一。あとは役者がそろっていればなんとかなる、ということだろう。「一」の抜けているところに、演出以下スタッフを入れるべきだと思うが、現状はどうだろうか。

「一抜け、二抜け、三役者」

これである。

もうだいぶ前のことだが、私の書いた時代劇の脚本料と、セットで使う植木の借料が同じことがあった。私は頭にきてセリフの手直しをいわれたとき、

「植木に直してもらったらいいでしょ」

と毒づいたことがあった。

植木も大切である。いますべてのテレビドラマから植木が姿を消してしまったら、たしかに殺風景《さっぷうけい》になるだろうが、松の木千本集めたところで、ドラマはできないのだ。どうかスジにお金を惜しまないでいただきたいと書きかけて、気になったので、辞書でスジというところを引いてみた。

「すじ・すじかまぼこ（筋蒲鉾）　魚の筋や皮などを肉に混ぜ込んだ下等なかまぼこ」とある。下等なというところが気になった。

七不思議

テレビのホームドラマに登場する茶の間には、共通の不思議な現象がある。

思いつくまま順にあげると、まずテレビがない。いまどきテレビのない茶の間がある など信じられないのだが、ドラマの登場人物が「欽ドン」などに見入って、黙々と食事をされたのでは、作者はセリフの書きように困るので、置いてないのである。

ただし、どうしても必要なときには、どこから引っぱり出したのか、急にテレビが据えつけられることになっている。

四角い食卓の三方を囲んで食事をして、かならず一方があいているのも、ホームドラマの食卓のお定まりである。これは、ただただ、テレビカメラのためである。

暖房や冷房器具がおいてない。そして食卓にならぶ料理が人数分だけないことが多い。これはたぶん、局の予算のせいだろう。

さらに、女の目から見ると、使い勝手の悪いしつらえになっているのが多い。客がき

てお茶やお菓子を出すときに、

「お父さん、そこ、ちょっとのいて下さいな」

というような家具の配置になっていたりする。

私は、茶の間というのは、なんだかわけのわからないガラクタがあたたかく雑然と置いてあるところだと思うのだが、ホームドラマの茶の間は、たぶん、主人公のお母さん役がきちょうめんで片づけ上手のせいだろう、いつもキチンと片づいている。まちがっても、食卓の上にカチカチのフランスパンが転がっていたり、食卓の下に読みかけの「赤旗」があったりしないのだ。つまり、茶の間に住む人の個性が匂ってこない。だから、ホームドラマはおもしろくならないのです――と書きかけて、待てよ、と気がついた。

個性のない企画、個性のない脚本だから、茶の間にも個性がなくなるのかも知れない。ということは、天に向けて吐いたツバが、自分の頭の上におちてきたことになる。容《い》れものはどうでもいい。中身で勝負しますか……。

放送作家

職業というのは、いったい何種類ぐらいあるものなのだろう。

五千種類だと聞いたこともあるし、細かくわけると三十万種類だと聞いた覚えもある。

これだけ数が多いと、他人様《ひとさま》の職業は、とくに新しい分野の職業にたいしては、どうしても誤解や錯覚が生れやすい。

職業をたずねられて、仕方なく放送作家だと答えたところ、

「よっぽど字が上手なんだねえ」

と感心された。

「とんでもない。私は、自分の字が自分で読めないほどの悪筆ですよ」

といっても信じて下さらない。

「同じように見えるけど、上手と下手とあンだってねえ」

作劇術の上手でない私が肩を落したところ、

「うまいやつは、一枚の原紙で二百枚は刷るっていうからねえ」

台本のガリ版屋サンとまちがえておいでになることがわかった。今後のこともあるので、大汗かいてわが職業をご説明申し上げたところ、

「そうかい。テレビのハナシを書く人かい」

やっとわかっていただけた。やれうれしやと思ったのもつかの間で、こんどは、

「そうすると――文句はあんたが書いて『かっこ』はだれが書くの」

「かっこ」は演出家がつけることもあるけれど、大事なしぐさや人の出入りは、作者がト書きで書いておくものなんですよ、とまたまたくわしく説明した。

「なるほど。頭使う商売だねえ」

もとトビのかしらの、七十近いご老体は、私の顔をみながら、こういった。

「アンタも大変だねえ。あたしはあんたの書いてた『だいこんの花』なんかもよく見てたけど、森繁はいいこと言うもんねえ。ものもよく知ってるしさ。ああいう人間のハナシ書くのは骨だろうなあ」

そしてまたまた「字がうめえんだなあ。こんど表札書いてもらおうかな」

いったい、放送作家はなにをする商売と思っているのだろう。

忘れ得ぬ顔

だいぶ前のことだが、週刊誌をめくっていて、ふと手がとまったことがある。カステラかなにかの広告のページだった。一人の少女がブランコに腰かけて、困ったような顔でうつっていた。「エデンの東」に出たジュリー・ハリスの少女時代はこんなではなかったかという感じだった。

記憶にまちがいがなければ、童画風なタッチで永年にわたって週刊誌の表紙を書きつづけておいでのさる画伯のお嬢さんだったと思うが、その表情がなんともすばらしい。やせぎすで細おもての、口数の少ない、どちらかといえば内気な女の子が、「いやだというとお父さんが困るし、ウンていっちゃったけど、どうしよう」はにかみと当惑に、ほんのちょっぴり小さな怒りをまぜて、ブランコの綱をにぎっていた。

生きている女の子の顔を見たと思った。

こういう女の子を主人公にしてドラマを書きたいなと思って、テレビ局のプロデューサーに話したこともある。

どういうわけか、このごろ、タレントには男女ともに同じタイプ、同じ顔になっていくような気がして仕方がない。背が高くて脚が長い。やせている。二重まぶた。鼻も日本人離れして高い。

男は変声期のままとまったような声で、女の子は舌足らずのかわい子ちゃん風に、語尾を上げて、同じような声で同じようなことをしゃべる。

私は、こと「美」に関する限り、ファッショ化が目に見えない勢いで進んでいるような気がしてならないのだ。

ヤングたちを一人残らず同じ顔にして、同じことをしゃべらせて、ついでに頭の中身も同じにしてやろうと、どこかでだれかが号令をかけているような気がして仕方がない。この号令に、断固としてノウ！　という勇気のあるヤングはいないのだろうか。みながGパンをはこうと、ひげをのばそうと、つけまつ毛をつけようと、自分に似合わないものは絶対に拒否する——そしてだんだん見ているうちに美しいなと感じさせるひとを、私はいま探しているのです。

あいさつ

ラジオやテレビの社会というのはふしぎなところで、たとえ夜中でも仕事にはいるときや会ったときは、

「おはようございます」

帰るときは、

「お疲れさま」

といい合うことになっている。

いまから十何年前か、かけ出しのころの私は、このあいさつがなかなか出なかった。あるラジオ局で、打ち合せを終えて帰りぎわに、ついいつもの口調で、

「じゃあ、さようなら」

といってしまった。そのいい方が素人っぽかったせいだろう、いっせいにどっと笑ったのだ。私はひどく恥ずかしく、そしてわけのわからない腹立たしさも手伝って、パッ

と部屋をとび出した。その拍子に、録音機械にひっかけて、新調の洋服をしたたかにカギ裂きしてしまった。

このごろは、そんなことはない。

連続ドラマの一回目の本読みで、三十年つれそった夫婦をやる男女の俳優が、この日初めて顔を合せたらしく、「よろしく」とあいさつして、三メートルも離れた席に腰をおろして他人行儀に台本をめくっていても、それを当り前と思うようになった。

「主演スターのスケジュールが取れない」と、テレビ局に泣きつかれれば、「仕方がないわね」と文句をいいながらも、出張ということにしたり、いろいろと逃げ道もつくれるようになった。

夜中でも、ごくすんなりと「おはようございます」といい、「お疲れさま」といっている自分に気がついている。気がつかない間に、少しずつ長いものにまかれている自分に気がついている。

そして十何年前の「さようなら」とあいさつして、笑われて洋服を破いたあのときの自分をなつかしく思い出す。

あのときの初心を忘れている。

あのときの洋服は何色で、どんな形だったか、それすらおぼろげにかすんで、思い出せないのだ。

（P139〜152「赤旗日曜版」〈幕あい〉昭和51年4〜9月）

食べもの

板前志願

何かの間違いで、テレビやラジオの脚本《ほん》を書く仕事をしているが、本当は、板前さんになりたかった。

女は、化粧をするし、手が温かい。料理人には不向きだということも知っている。私自身、母以外の女の作ったお刺身や、おにぎりは、どうもナマグサくていやだから、板場に立つなんて大それたことはあきらめて、せめて、小料理屋のおかみになりたい。

――これは今でも、かなり本気で考えている。

まず、こぢんまりとした店を手に入れる。この店なら居抜きでゆずってもらっていいな、という店が、実は六本木かいわいに一軒ある。

皿小鉢は、三年ほど前から、ポツリポツリと集めている古い瀬戸物を使うことにしよう。うちの皿小鉢は、京都の骨董《こっとう》屋の女あるじが、特に割引でわけてくれるものだが、惜しいかな、せいぜい十客《きゃく》程度。五客というものも多いから、カウンター席は、十人どまりにしなくてはいけないな。

仕込み。これは、私がやる。

一に材料、二に包丁。三、四がなくて、五に器。というのが、私の信条である。材料はケチらないで極上をそろえよう。

献立《こんだて》。これがまたたのしみである。

ハシリの野菜。シュンの魚——あれこれ取り合せて、その日のお品書きをつくる。

今だったら——と大きく出たいが、そこは素人《しろうと》の悲しさ。三、四十しかない、私のレパートリーの中で、人にごちそうして好評だったものの中から選ぶよりしかたがない。

突き出しは、きゅうりとウドのもろみ添え。向う附けに、染めつけの向う附けに、とろろいもを千切《せんぎ》りに刻んで、なめ茸《たけ》をちょんとのせて出そうか。いや、アッサリと、ワサビと海苔《のり》で、三杯酢でいこうかな。

こんな調子で原稿用紙に献立をつくって、いつも、一時間はあそんでしまう。

そうそう、京都から送ってきた、会津小椀で、はし洗いとしゃれようか。梅干のたねを除いてサッと水洗いしたものにあぶった海苔をもんで、わさびを落し、淡味の清汁《すましじる》をはる。六本木の鮨長から盗んだ得意の一品である。

さて、献立はいいのだが、問題は客である。

毎年頂く年賀状の数ぐらいは、見えてくれるだろう。ただしザツな魚の食べかたをしたり、見当違いなことをいったりされると、このおかみさんは、短気だから、すぐカッとなって、口返答《くちごたえ》をするにちがいない。

「この味が判らないなんて、あなた味覚音痴じゃないの」ぐらい、言いかねない。

その代り、おだてには弱いから、ほめられるとだらしなく喜んで、お代りどうぞ、これは私のおごりにしとくわね、となることうけあいである。これも、心しなくてはならない。

ところで、小料理屋は下準備と後片づけが大変なのよ、と友人が教えてくれたっけ。皿小鉢を洗うのは好きだが、どういうわけか拭くのは嫌いだから、これは他人にやってもらわなくてはならない。掃除、これもダメ。帳面つけ、数字は十以上になるとアヤしくなるから、これも他人。税金、これも人だのみ。勘定の取り立て、これも、向う気は弱いくせに、見栄っパリで、嫌なことのいえないタチだから——ダメ。

となると、わが幻の小料理屋は、だんだんと経営がアヤしくなってくるのである。

「ま、せいぜいワン・クールだな」

友人たちはせせら笑っている。ワン・クールというのは、テレビドラマで十三回。三カ月のことをいうのである。

（「栄養と料理」昭和44年8月号）

思いもうけて……

よそのうちでご馳走《ちそう》になるものは、何故《なぜ》おいしいのだろう。「方丈記」か「枕草子」か忘れてしまったが、昔の人はうまいことを言う。

「思いもうけて」食べるからだというのである。思いもうけて、というのは、期待する、という意味であろう。

私は、仕事には全くの怠け者だが、こと食べることにはマメな人間で、お招《よ》ばれ、ということになると、前の晩から張り切ってしまう。お招きの席がフランス料理らしいと見当がつくと、前の晩は和食にする。締切りの原稿はおっぽり出してもよく眠り体調を整える。朝もお昼も重からずさりとてあまりに軽からず気をつけて夜に備える。くれぐれもお昼を抜いたりしてはいけない。あまりに空腹だと物の味がわからず、おなかがグーと鳴ったりして恥をかくし落着かないからである。

夕方には必ずお風呂に入る。ドレスもあまりウエストをしめつけない形を選び、香水も頂くものの香りを損《そこな》わぬよう控え目につける。私はこうしている時が一番楽しい。つまり「思いもうけて」いるからであろう。

此《こ》の頃は、デパートや駅に味の名店も多く出店するようになり、名の通ったおいしいものも、ちょっと足を伸ばせば手軽に手に入るようになった。そのせいか、以前にくらべて、多少有難味がうすくなったような気がする。

そんな気持も手伝って、私は時々手間をかけておいしい物を取り寄せる。

「吉野《よしの》拾遺《しゅうい》」もそのひとつである。奈良の松屋本店尾上という少し変った名前の店の名菓で、土地の名産吉野葛にうっすらと甘味をつけて干菓子《ひがし》風にひとつずつ薄紙に包んだものである。そのままでもいいが、よく温めた深目の湯呑み茶碗に入れ熱湯を注ぐと実に品のいい極上の葛湯が出来上る。母親に届けて日頃の親不孝の埋合せをしたり、病人の見舞いに使っている。いつぞや、胃の手術をした人に贈ったところ、何も受けつけない状態だったが、これだけは喉《のど》を通りました、と礼を言われたことがあった。冬場の風邪の見舞いや、お年寄りのごきげん伺いにもいいと思う。

もうひとつと言われたら「鶯宿梅《おうしゅくばい》」をおすすめしたい。

梅干の、皮も種子も除いた実に、細切りの昆布などをまぜこんで作った珍味である。これは北九州小倉のもの。手焼きのしゃれた小壺に入ってくる。あけると、まず紫蘇《しそ》の葉、その下から天神様があらわれる。梅干の種子を割ると中に入っている白い核である。

子供の頃、あれを食べると、天神様の罰があたって字が下手《へた》になるとおどかされたが、不惑《ふわく》を越え、これ以上の下手はない悪筆だから安心して頂戴《ちょうだい》している。ほろ苦くておいしい。食べ終った小壺には塩辛を入れて食膳にのせたり人に贈ったりして使っている。この鶯宿梅を、あるフランス人に進呈したところ、名前のいわれを問われ、うろ覚えで恥をかいたので字引きを引いて調べた。

村上天皇が、清涼殿《せいりようでん》の梅が枯れたので、紀貫之の娘の庭の紅梅を移植させたが、彼女が「勅《ちょく》なればいともかしこし鶯《うぐいす》の宿はと問はばいかが答へむ」という歌をつけて奉ったので、梅を返されたという故事に因《ちな》んでいるという。「大鏡」や「拾遺《しゅうい》和歌集」にのっているらしい。

「大鏡」や「増鏡」――学生の頃にもう少し勉強しておけばよかったな、と思いながら、まっ白なごはんに黒い海苔。うす赤い鶯宿梅を箸《はし》の先にからめて、小壺の底をのぞき惜しみながら頂くのも風情《ふぜい》のあるものである。

遠くのものを取り寄せるのは手間ひまがかかる。郵便局で為替《かわせ》の行列に並んだりするのは確かにおっくうだ。鶯などという字は書くだけでも骨である。これも「思いもうける」うちなのだ。お金を送り、もうぼつぼつ着く時分だとソワソワし、着いたら誰と誰にお裾《すそわ》分けしようかと考えながら待つひとときがあるからこそおいしいのである。

（「マダム」昭和51年12月号）

こまやかな野草の味

野草の味わいを覚えると、いままで死んだ野菜を食べていたことに気が付きます。日頃、雑草と大ざっぱによんでいた草の中に、こんなに可憐《かれん》な形と、こまやかな味わいをもつものがあったのかと、目を開かれる思いでした。

白ツバキの花びらは、揚げると、薄いアメ色に色づいて、控え目な気品のある甘さが舌に残ります。

アズキナは、素揚げにすると杉箸《すぎばし》に色が移るかと思えるほど、あざやかなヒスイの色に染まります。タラノメの天ぷらを王者の味とすれば、このアズキナは女王格の美しさとおいしさといえましょう。淡泊なようでいて、強くて濃い味がいたします。

谷戸《やと》の上を、二羽のトビがゆっくりと輪を描いています。鹿の肉とヤマウドのフライをねらっているのかも知れません。さらわれないうちに赤ワインでいただきました。ワイングラスの中にサクラの花びらが散り、薄赤く染まっています。

年々歳々人同じからずと申します。人は病んだり、老いたりするというのに自然は毎年同じ時、同じ場所に同じ花をつけ、実を結ぶのです。なんとたくましくすこやかなことでしょう。

「天行《てんこう》は健なり」（易経）

忘れていたこんな言葉を思い出しました。

（「サンデー毎日」昭和53年5月7日号）

「ままや」繁昌記

おいしくて安くて小綺麗《こぎれい》で、女ひとりでも気兼ねなく入れる和食の店はないだろうか。切実にそう思ったのは、三年前からである。仕事が忙しい上に体をこわしたこともあるが、親のうちを出て十五年、ひとりの食事を作るのに飽きてくたびれたのも本音である。

生れ育ったのが食卓だけは賑《にぎ》やかなうちだったこともあり、店屋《てんや》ものや一汁一菜《いちじゅういっさい》では気持までさびしくなってしまう。かといって、仕事の合間に三品四品おかずを整えるのは、毎日となるとかなりのエネルギーが要る。

吟味されたご飯。煮魚と焼魚。季節のお惣菜《そうざい》。出来たら、精進揚《しょうじんあげ》の煮つけや、ほんのひと口、ライスカレーなんぞが食べられたら、もっといい。

たまたま植田いつ子、加藤治子、澤地久枝のお三方とこのはなしになったところ皆さん同じ悩みを持っておいでということが判った。

「手頃な店はないものかしらねえ」

一緒にため息をつきながら、私は、気が付いた。

「自分で作ればいいじゃないか」

私は飽きっぽいたちである。

「何かいいことないか子猫チャン」という映画の題名があったが、あの仔猫をドラ猫に変えれば私のことになる。人間の出来が軽薄なのだろう、「この道ひと筋」という執念がなく、七年もたつと、新しいことをはじめたくなる。映画雑誌編集者から週刊誌のライター、ラジオの構成物の書き屋と替ったが、この十年はテレビドラマ一本槍でおとなしくしていた。

おかずを作るのに飽きたのなら、おかずの店を作ればいいのである。

幸か不幸か、我が家は食いしん坊と同時に、嫁《ゆ》き遅れの血統もあるらしく、末の妹の和子が適齢期を過ぎたのに、苗字も変らずに居る。この妹を抱き込んで、店を出そうと決心した。

妹は、火災保険の会社に勤めるＯＬであったが退職し、一年ほど前から五反田で「水屋」という小さな喫茶店をやっていた。どうにか常連の客もつき、女ひとり食べてゆくのに不安はなさそうだったが、場所が大通りから離れていることもあって、活気という点では、いまひとつ、面白味がないように思っていた。

「素人の泥棒は安全度を目安にするけれど、プロの泥棒は危険度で計るっていうわよ」

我ながら詭弁《きべん》で妹をたらし込みながら、私は昔祖母が口ずさんでいたドンドン節を思い出していた。

〽どうせなさるなら、でっかいことなされ
　青空たたんで洟《はな》をかめ
　もし成らなきゃダイナマイトドンドン

料理好きで、ひと頃日本料理を習いに行ったこともある妹は、ゆくゆくはそういう店をやりたいと思っていた、と乗ってきた。

ところで、わが一族は、大体が勤め人の野暮《やぼ》天揃《てんぞろ》いで、水商売は一軒もない。母方に雑貨屋と石屋があるきりである。遅まきながら実地に修業して「いらっしゃいませ」の感覚を身につけてもらわなくては、と考えた。

妹を仕込んで下さったのは青山の「越」である。六本木と赤坂、青山に支店を持つ「越」の社長月森氏は、面倒見のいい方で、

「女の子扱いしないけど、やれるかな」

と言いながら、レジスターからお運び、終りの一時期は板場にも入れて頂いた。

妹はここで十カ月ほどお世話になった。

末っ子のせいか甘ったれで、どちらかといえば不愛想だった妹の電話の声が、この間に別人のように愛想がよくなった。

赤坂に十五坪の出物があると知らせが入ったのは、この一月末であった。

その前に六本木表通り角の靴屋の地下に、十二坪の居抜きのはなしがあったのだが、これは見送っている。

理由は、この道五十年というベテラン不動産屋の、

「履物屋《はきものや》の下の食べ物商売というのはねえ」

というひと言と、その頃、私の知人の間で起った二件の酒の上の転落事故である。万一の時、寝覚めの悪い思いはしたくない。

その点、赤坂は一階である。場所も広さも申し分なかったが、その代り権利金もいいお値段であった。これだけで、予算をオーバーしている。

しかし――「店は場所である」。

ローンを払い終った私のマンションを抵当に銀行融資の話もまとまったことだし、思い切ってここで勝負してみようということになった。三月一日大安吉日を選び正式契約。設計は高島屋設計部。工事は北野建設が引受けて下さった。

私は担当の方に三つのお願いをした。

火、水、煙(空気)の基礎工事に関しては、予算を惜しまないで下さい。その代り、内装はケチって、その分センスでカバーして下さい。

カウンターや椅子の高さを低目にして下さい。

十代二十代のお若い方は別として、我ら中年には、リビングの家具もオフィスの机や椅子も少し背が高過ぎる。くつろぐためには、思い切って低目にしたかった。

デザインの平松健三氏は、これらの注文をみごとにこなして下さった。倉敷風の白壁にべんがら色の「のれん」だけがポイントのシンプルな日本調である。細長いウナギの寝床なので、従業員の更衣室は犠牲になったが、カウンター八席。四人のテーブルが三つ。奥に人数の融通の利《き》くテーブルが二つ。定員二十八だが詰めれば三十二人は入る。従業員は妹と板前さんとあと三人。

店の名は「ままや」。

社長は妹で私は重役である。資金と口は出すが、手は出さない。黒幕兼ポン引き兼気の向いた時ゆくパートのホステスということにした。

「ままや」のレタリングとマッチのデザインを決め、瀬戸へ食器の買いつけにゆく。大料亭ではあるまいし、吹けば飛ぶような小店で、わざわざ出かけるのは気恥ずかしかったが、もともと陶器は好きで、一度、窯場《かまば》を見たいと思っていたのと、気分を出したかった、というのが本当の気持であろう。瀬戸の方々のあたたかいもてなしは、これから始める新しい仕事への期待とダブって、思えば、一番楽しい時期であった。開店の引出物用に、箸置《はしお》き一万個をびっくりするようなお安い値段で分けていただけたのも、順風《じゅんぷう》満帆《まんぱん》のしるしと思われた。
ところが、帰ってみればこれいかに。工事が全然進捗《しんちょく》していない。床をハッって（引きはがして）みたら、もとの配水管に難があるという。喫茶店やバーなどのドライ・キッチンなら問題はないのだが、水使いの多い小料理屋のウェット・キッチンには問題があるというのである。あれほど念を押したのに今更そんなと絶句したが、契約をしてからでなくては、床はハツれないのである。専門家にタッチしてもらっていても、こういうハプニングが起る。徹底的にやり直すための費用、開店日の遅れをめぐって、かなり緊張したやりとりがあったが、関係者の誠意で、どうにか落着した。開店は予定より一月遅れて五月十一日となった。

おひろめ
蓮根のきんぴらや肉じゃがをおかずにいっぱい飲んで　おしまいにひとロライスカレーで仕上げをする――ついでにお惣菜のお土産を持って帰れる――そんな店をつくりました　赤坂日枝神社大鳥居の向い側通りひとつ入った角から二軒目です　店は小造りですが味は手造り　雰囲気とお値段は極くお手軽になっております　ぜひ一度おはこびくださいまし

案内状の文面である。

開店当日は、みごとな大雨であった。

しかも、開店時刻の午後五時には、暴風雨である。それにしても、客が入らない。本日開店粗品差し上げますの看板は、雨に打たれているとはいえ、入口には、スターさんたちの生花が飾ってあるのに、みな、店内をのぞくだけで通り過ぎてしまう。

入りにくいのかしら。デザインがモダン過ぎたのか。従業員の手前、ニコニコしていたが、気持はこわばってきた。素直な気持で表から見てみよう。傘《かさ》を持って外へ出てアッと叫んだ。

「準備中」の白い札がかかっていたのである。

外したとたん、どっと客が入ってきた。あとはもう、何が何だか判らない修羅場《しゅらば》であった。

半分は縁故関係のお祝儀の客としても、大入り満員は嬉《うれ》しかった。ところが、思いがけないことも次々と起ったのである。

まず、人間の熱気と、店内の乾燥のせいであろう、大皿盛りのお惣菜が、乾いてしまう。カウンターの上に、肉じゃが、きんぴら、レバーのしょうが煮などの、すぐ出せるものを大皿盛りにして並べたのだが、これが見ている間にしわが寄り固くなってゆくのが判るのである。閑をみては、浸《つ》け汁をかけるのだが、立てこんできては、そんなゆとりはなくなる。

乾いたものは、もうひとつある。どうしたわけか伝票サイン用のボールペンが一斉《いっせい》に出なくなった。もっと困ったのは、手違いでレジスターが間に合わず、ソロバンで計算をしたのだが、これが、レジの湯沸し場のそばのせいか、しめり気で、ビニールのソロバン玉がくっついてしまい、一つ上げるつもりが、二つ三つ、一緒になってラチがあかない。文房具店が仕舞ったあとなので、近所の酒屋さんにかけ出して、電卓を拝借して急場をしのいだ。

初日にごはんが足りなくなったことも、あわてたことのひとつであった。

「お代りご自由」「ふりかけつき」は当店の売りもののひとつである。「ままや」にままがありませんでは落語にもならないが、あれはといですぐ炊いても五分十分で間に合うものではない。妹は、ボールを抱え、目を釣り上げて、お隣りの焼鳥屋の「わか」さんに馳け出した。若旦那は、こころよく新米ママに、ままを貸して下すった。

九時すぎ、やっと雨もやみ、一見《いちげん》のお客も入って下さる。ほっとして表をみたら、開店祝いの花を抜いている人たちがおいでになる。

おもてへ飛び出して、丁重におとがめしたところ、逆ネジをくってしまった。「開店の花を持ってゆかれるのは、商売繁昌《はんじょう》のしるしである。有難いと思ってもらわなくちゃ」

仏さんのお花にしようと、赤いバラを抱えてゆくお年寄りや、少しお酒の入った女性方に、この方たちも、いずれはお客になる方かも知れないと思いながら、そんなしきたりは初耳の私は、ただびっくりするばかりであった。花は、閉店前に、スターたちの名札を残して、みごとに丸坊主になってしまった。

こんな調子で書いてゆくとキリがないのだが、ＯＬや主婦の間に、しゃれた和食のお店をやってみたい、という方がかなりおいでになると聞くので、私たちのささやかな体験と失敗をもとにした、これだけは、知っておいた方《ほう》がお得ですよ、ということを書いてみる。

・冷蔵庫は大きく器は小さく

うちも冷凍冷蔵庫は特註だが、もっと大きくてよかった。その代り、食器は少し小さめの方がよい。私は、なまじ陶器には目があるとうぬぼれて、自分好みの食器を選んだが、失敗もあった。肉じゃが用の平鉢は、家庭用にはよいが、急いで運ぶ商売用となると、中でじゃがいもが運動会をしてしまう。小料理屋の器が底すぼまりの小鉢が多いのは、だらっと広がらず、はっきりいえば、少しの量で、盛《も》り映《ば》えがすることにある。もうひとつ、軟陶《なんとう》は、持った感じは、やわらかくあたたか味があるが欠け易《やす》いのが難である。家庭用と商売用は全く違うのである。

・資金より人脈を作るべし

店を作るのは、お金ではない。人間である。これは骨身にしみて判った。一人や二人の力では、逆立ちしても、店をオープンさせることは出来ないのである。資金は銀行が貸してくれるが、人脈を貸してくれるところはどこにもないのである。

幸い私たちの場合は、妹のもとつとめていた会社の上司同僚方が、心からのごひいきをして下さった。私の仕事仲間や友人たちが、つてからつてをたどって、デザイン、宣伝から、客引きまで引きうけてくれた。日頃は口げんかの多い弟や嫁いだ妹《こと》やその連合いも応援してくれ、「兄弟《けいてい》ニ友《ゆう》ニ夫婦相和《あいわ》シ」は、商売を始める時は、殊《こと》に大切であることを思い知った。

それにしても、私は、ついおととし、整理してしまった抽斗《ひきだし》いっぱいの名刺と、三年分の年賀状が残念でならない。店をはじめると知っていたら捨てるんじゃなかった。一人が二人、二人が四人、ガマの油ではないが客が客を連れてきて下さるのである。とにかく、三年五年前から、そのつもりで、つきあいをよくし、交友名簿の整理につとめることが大切である。

・ごみの置場に気をつけよ

「ままや」は、前しばらく空いていたこともあるのだろう、店のすぐ脇が、ごみ置場になっていた。路上にごみを出すことになっている以上、どこかに置かなくてはならないわけだが、食べもの商売の前にごみは有難くない。三カ月おきに場所を代るか、もう少しキチンとして出していただきたいと切に思うのだが、これも避けられたらこれに越したことはない。夏場の夜更け、スプレーを掛けに私は何度も表へとび出した。

・一にも健康二にも健康

店をやるには愛嬌も度胸も大切である。しかし、もっともっと大切なのは健康である。どんなにくたびれても、笑っていられ、最悪の場合には、仕入れから板前さんの代理、はては床みがきご不浄の掃除までする体力がなくては、店はやれない。はたから見れば、しゃれているし面白そうだが、「たわむれに店はすまじ」である。汚ない仕事である。くたびれる商売である。それでもやれる体力と覚悟がなかったら、しない方がいい。

・実際にやった人に聞くこと

やりたい店と同じくらいの規模の店をみつけて、そこの人間に徹底的に聞くことである。私たちの場合も知らないための労力とお金の無駄がかなりあった。

はじめて四カ月。

雨の日も風の日もあったが、思いがけずお客がつき、おかげさまで、まだ大の字はつかないまでも、繁昌している。

黒幕とはいえ、「いらっしゃいませ」という立場に立ってみた時、私はこの二十五年、こういう店の客として、何と心ないことをしてきたことかと、反省させられた。

見ていると、この人は、店をやっているな、というお客は、気の遣い方が違うのである。立てこんでいる時、手のかかるものは頼まない。必ず、小声で礼を言う。下げ易《やす》いようにさりげなく片づける。混んでくると、すすんでカウンターに移動して下さる——こういう心遣いがどれほど店の人間にとって嬉しいか、やった人間でなくては判らないであろう。

それにしても、夜原稿を書いていて店が気になって仕方がない。雨の日は特にそうである。ホステスとして出勤しようかなとウズウズする。ベンチを出たり入ったりする長島監督の気持がよく判るようになった。

（「ミセス」昭和53年11月号）

母に教えられた酒呑みの心

父が酒呑みだったので、子供の時分から、母があれこれと酒のさかなをつくるのを見て大きくなった。父は飲むのが好きな上に食いしん坊で、手の甲に塩があればいい、というほうではなかったので、母は随分と苦労をしていた。

酒呑みはどんなときにどんなものをよろこぶか、子供心に見ていたのだろう。父のきげんのいい時には、気に入りの酒のさかなを、ひと箸《はし》ずつ分けてくれたので、ごはんのおかずとはひと味違うそのおいしさを、舌で覚えてしまったということもある。

酒のさかなは少しずつ。

間違っても、山盛りに出してはいけないということも、このとき覚えた。

出来たら、海のもの、畑のもの、舌ざわり歯ざわりも色どりも異なったものがならぶと、盃がすすむのも見ていた。

あまり大御馳走《ごちそう》でなく、ささやかなもので、季節のもの、ちょっと気の利《き》いたものだと、酒呑みは嬉しくなるのも判った。血は争われないらしく、うちの姉妹は、どちらかといえば「いける口」である。ビールにしろ冷酒にしろ、酒のさかなはハムやチーズよりも、昔、子供の時分に父の食卓にならんでいたようなものが、しんみりとしたいいお酒になる。

昭和ひとけたの昔人間のせいか、女だてらに酒を飲む、という罪悪感がどこかにあるのか。どうも酒のさかなは安く、ささやかなほうが楽である。体のためにもいいような気がする。

（「かんたん・酒の肴一〇〇」昭和56年10月）

旅

二十八日間世界食いしんぼ旅行

羽田を発っておりたのがサンフランシスコ。空港のレストランのミルクがおいしい。ソーセージも日本とは味がちがうがまあまあの味。アメリカの味も満更ではないぞと安心したら次なるラスベガスでは腰がぬけた。ラス随一の豪華ホテルなのだが、そのまずさ。量は馬が召し上るほどあるのだが、あついものは冷めている。冷めてほしいものは生ぬるい。それでチップをとられる。食べものの恨みはバクチにたたって、かけた百ドルはキレイにパーになってしまった。

南に下って南米ペルー。首都リマでは、果物がおいしい。マンゴー、パパイヤ、アボカド。いずれも一個五十円ナリ。玉ネギ、ジャガイモ、トマトも改良してないせいか形はデコボコ、味は素朴で、何やら子供の頃に食べたなつかしい味がする。リマからパン・アメリカン・ハイウェイを南へ六時間飛ばしてイーカという町から砂漠に入り、海岸へ出る。

見渡すかぎり無人の砂漠の浜。ベド・ベントというその浜で、三泊四日野宿をして魚釣りをしたのだが、そこで食べたヒラメの刺身とスズキのサラダの美味は思い出すとヨダレがこぼれる。

トイレもなく車中にごろ寝。水が貴重なので顔も洗わず歯もみがかずの四日間だったが沖をとぶ何十万羽というペンギンの大群と共に生涯の忘れがたい思い出になるだろう。

次のアマゾン。ペルーの北部でアマゾン河の原流のイキトスという町で二日間を過したが、ここで、あとにも先にもこれっきりというヘンテコなものを食べさせられた。

名を「チョンタ」という。セロリをカンナにかけてウス切りにして、香りをぬき、パサパサにしたようなものである。ヤシの若芽だというが、原地人はそれに塩をかけて食べる。我々外国人は、フレンチ・ドレッシングをブッかけて、酢と油の勢いでのどへ送りこむ。何しろ、ノー・ミート。出来ますものは、アマゾンに住むパイチという体長二メートル、まっ黒の、魚というより怪獣といったほうが早い怪魚のフライしかない。野菜はチョンタしかございませんといわれればしかたがない。アーメンと十字を切って、毎食、ありがたくいただいた。私がたった一匹、つりあげたピラニアも、食べられますといわれたが、鋭い歯をむき出した形相《ぎょうそう》の物凄《ものすご》さに、これは、おことわりをした。

カリブ海は、トリニダッド・トバゴや、バルバドス、ジャマイカに一週間遊んだが、ホテルはアメリカ式のビュッフェ、町のレストランも一流は高いばかりで格別のことなし、ダウン・タウンの店は、あまりの汚なさと臭気にさすがに入れず、収穫なし。

ヨーロッパに入って、ポルトガルは平凡。スペインはマドリッドに軒なみある立ち食い式カフェでたべたイカのリングあげ、しじみのソース煮などが安くて美味。

味の仕上げはパリであったが、冬場で生カキが存分に食べられたのはしあわせだった。小さくてうすい種類だが、レモンだけをしたたらせて、いくつでも食べられる。

カキとワインとフランスパンのためだけにでも、もう一度パリへいってやろう。こんどこそ、フランス語を、ただしメニューと、レストランで注文する会話だけをマスターして出かけてやろう。そう考えている。


（「相鉄だより」昭和47年6月号）

わたしのアフリカ初体験

アフリカへ行ったのよ、というと大袈裟《おおげさ》ですが、その中のケニヤで半月ほど遊んできました。

アフリカ大陸をさつまいもとすると、右側の真中へんをちょっと齧《かじ》ったのがケニヤです。

東京から香港、バンコック経由で二十一時間。広さは日本の一・六倍。人口は千三百万人。公用語は英語とスワヒリ語というので、スワヒリ語辞典というのを買って出かけました。

ナイロビは十年昔の東京赤坂といった感じ。モダンな高層ビルが立ち並ぶ清潔な街です。昼間は暑いけど夜はセーターが欲しい涼しさで、本当にここはアフリカなのかなと疑うほどですが、車で三十分も郊外へ出ると、インパラという美しい鹿が群をなして草を食べていますし、更にもう一時間飛ばすと、バブーン(狒《ひひ》)が、停ったミニ・バスの屋根へ上ってきます。

もう三十分飛ばすと、キリンの母子や縞馬《しまうま》の大群が道を横切ります。

私たちは、ミニ・バスとセスナ機で幾つかの動物保護区を廻ったわけですが、これも日本の多摩動物園なんかとは全くスケールが違って、ひとつの動物保護区が大きいのになると日本の四国くらいあるのです。

ここにライオンや象やカバなんかが自由気ままに暮しているわけです。

勿論《もちろん》サクもありません。時々、レンジャーと呼ばれる監視員が無線つきの車で、密猟者はいないか見廻っているくらいです。

お恥ずかしいはなしですが、私はアフリカへ行けば、サバンナに立てば動物は次から次へとあらわれると思っていたのですが、これはテレビの「野生の王国」の見過ぎというもので、なにしろその広さですから、運が悪いと一日中、ほこりにまみれて走り廻っても、ライオンはおろか象にも逢えないことがあるそうです。

日頃の行いがよかったのでしょう、私はうまい具合に逢えました。

見ていてあきないのは象ですね。二十頭から百頭くらいのファミリーで行動していますが、大ボスと見られるのが先頭に立ち、仔象を真中にはさんで、二番手のボスとみられる年とったのが必ずシンガリをつとめて歩いています。

大ボスは牝象《めす》だということですが、面白いのは、ほかのファミリーに出逢った時です。ヤクザでいうと代貸しというのでしょうか。おたがいの中ボスとみられるのが、両方から進み出てゆきます。緊張してみていると、その二頭は互いに鼻をからませ合い、握手ならぬ握鼻をしているのです。

それから二組のファミリーの象はゆっくりと水をのみはじめました。もうひとつ、鼻が重くてくたびれるのか、大きい象は目下の象の背中に鼻をのせて歩いているのがいました。横着《おうちゃく》なのがいるもんですねえ、象にも。象に五センチほどのマツ毛があるのを発見したことも、大きな収穫でした。

圧倒的なのはライオンです。見わたす限り一面の黄金色の草原に、やはり黄金色の牡《おす》ライオンがゆっくりと姿を見せた時の凄《すご》さ。けんかしたのか年とるとそうなるのか、たてがみは傷《いた》んでボロボロですし、手入れも悪いらしく縒《よ》れているし、体には黒いシミがあって、お世辞にも美しいとはいえないのですが、これぞケダモノという生々《なまなま》しい精気に満ちています。目つきも決して上品ではありません。

険悪な、不機嫌な顔をしています。

私たちには目もくれず、サイの母と子を狙い、少し立っていましたが、あきらめたらしく、また悠然と立ち去りました。

縞馬やバッファローをむさぼり食う牡ライオンも見ましたが、こういう姿を見ていると、私が今まで見た動物園のライオンは、縫いぐるみだったような気がしました。

反対に、実に美しいと思ったのは牝ライオンです。

若い牝の首筋のところの色っぽいこと。私が見ても惚《ほ》れ惚《ぼ》れします。

昼間は暑いので、三頭五頭と家族兄妹で木かげで大の字にひっくりかえって昼寝していました。

一頭がアクビをすると、あれは人間と同じで伝染するらしく、次々とアクビをします。

ライオンは実に寝相が悪いということも知りました。

はじめは何と美しい動物かと思いカメラを向けていたのですが、しまいにはあきてしまったのが縞馬です。

なんせ佃煮《つくだに》にするほど居るんですから。

だんだんとあの縞模様が、言ってはなんですが、三波春夫さんの舞台衣裳みたいで、品が悪く思えてきました。

キリンもそうです。

三日目あたりから、何だキリンか。もうカメラも向けません。現金なものです。よく見ると、みんな奥村チヨが肥ったようなキョトンとした顔をして可愛いんですけど。

はじめはなんとグロテスク、と思い、見ているうちに魅力が判ったのは、ライノ（サイ）でした。

できそこないの装甲自動車みたいですが、子どもの可愛いこと。

小さくて、といっても仔牛くらいですが、黒いビー玉みたいな目が何とも無邪気で、できたら連れて帰りたいと思いました。

もっとそばへ寄りたいと思い、ミニ・バスの運転手にたのみましたが、現地の人は、ライノをひどく恐れています。

草食獣ですから、こちらが食い殺される心配はないのですが、何かの加減でカッとなって突っかかってこられたら、バスはひとたまりもなくひっくり返り、つぶされてしまうそうです。

生れてはじめて、河馬《かば》の啼《な》き声を聞きました。大きい声ではいえませんが、巨大なオナラという感じです。

霊長類ヒト科のはなしもしましょう。

アフリカには何十という部族がいます。ケニヤにも、いま政治を握っているキクユ族、牛を追って昔ながらの暮しをしているマサイ、ワカンバなど沢山《たくさん》いますが、私たちは、セスナ機でスーダンに近い砂漠地帯に住むトルカナ族をたずねました。

幻の部族とか、青い人たちと呼ばれ、文明に背中を向け、小動物の狩りと漁で細々と生きている連中です。

草で作ったマンジュウ型の小屋に住み、はな輪をブラ下げた年寄りの酋長《しゅうちょう》を中心に大家族で暮しています。

一夫多妻のようにみえました。

子どもは全員ハダカ。大人も漁をする時は、一糸《いっし》まとわぬスッポンポンの男もいました。

なかなかおしゃれで、男は赤、女は濃紺や渋い赤の、原由美子さん好みのいい色の布を体にまきつけています。

エチオピア人を思わせる彫りの深い顔立ちと、一メートル八十センチはある長身。その脚の線の美しさといったらありません。

ただし、なかなかチャッカリしていて、写真をうつす料金として二百シリング（六千円）くれと要求されました。

パイナップルで酒をつくり、テラピアという一メートルもある白身の魚をくん製にしていました。

がっかりしたのはマサイ族です。

アフリカで一番勇敢な部族と聞いていました。槍一本でライオンを倒す誇り高い戦士たちだと思っていました。

ところが、ナイロビに近いマサイの村の人たちは、すっかり観光ずれしていて、実にしつこく手製のアクセサリーを売りつけ、自分を写真にとれ、そして金をくれと、バスの窓に群がりました。マサイの村は道も家も牛フンでできていますから、鼻が曲りそうに匂います。蝿《はえ》も物凄く、笑ったりすると口の中に飛び込むほどです。

そんなことより、立派な姿や顔立ちをしながら、物売りをするマサイが悲しくなりました。見物に行くこちらにも、大いに責任のあることですが。

バスの運転手に二百シリングの賞金を賭けてヒョウを見つけてもらいましたが、これだけは見られませんでした。アフリカも、このところへきて、急激に変ってきているといわれます。

ある動物は異常に減り、ある動物は異常に増えているそうです。住む人たちも、昔はハダシで草原を走っていた黒い人たちが、古タイヤの改造品とはいえ、サンダルをはいて雨の洩《も》らない家に住んでいるのです。

観光にゆく方からすると、昔ながらの変らないアフリカを見たいと思いますが、それは文明国に住む人間のおごりと身勝手というものでしょう。

それでもなお、アフリカは凄いですよ。パリやマドリッドの街を歩いて、ドキッとしたり、総毛立つことはまずありませんが、アフリカにはまだそれがあります。

深夜、ロッジのバルコニーに立っていると、闇の中から動物の声が聞えます。ハイエナのラブコール。何かが何かに襲われたらしい断末魔《だんまつま》の叫び。

ここでは生きることのすぐ隣りにごく当り前の顔をして死があります。

ケニヤ十六日の旅は全部ひっくるめて七十万円です。味わったさまざまな興奮と感動の重さを考えると、高くないなと思いました。

（「クロワッサン」昭和54年12月10日号）

人形町に江戸の名残《なごり》を訪ねて

一度も行ったことはないのに、妙に懐しい町の名前がある。私にとって、人形町と蠣《かき》殻町《がらちょう》がそうであった。

私は東京山の手の生れ育ちだが、母がみごもると、母の実家では人形町の水天宮《すいてんぐう》へ安産のお札を貰いにゆき、おかげで私をかしらに姉弟四人がつつがなく生れたと聞かされて育った。

物心つくようになっていたずらをすると、祖母は、

「蠣殻町の」

と言いながら私の手の甲を爪で掻《か》き、

「豚屋のおつねさん」

軽く撲《ぶ》ってからつねり上げたものだった。そんなこんなで、隣り合っているこのふたつの町をいつかゆっくりと歩いて見たいと思い思いしながら、つい目先の用にかまけて、

お礼詣りは産声を上げてから四十七年目ということになってしまった。

人形町を「にんぎょおちょお」と呼ぶのはよそ者で、土地っ子は「にんぎょちょお」とつづめて言う。水天宮も「すいてんぐさま」である。水商売と安産にご利益《りやく》のある町なかのお社だけに威あって猛《たけ》からず。気は心のお賽銭《さいせん》でも勘弁して頂けそうな気安さがある。毎月五日の縁日と戌《いぬ》の日は、お詣りの人で賑わうそうな。

お江戸の昔から、人形町は水天宮の門前町として栄えた土地柄である。お詣りの帰りには水天宮みやげで名を売ったゼイタク煎餅《せんべい》「重盛永信堂《しげもりえいしんどう》」へ立ち寄るのが順というものだろう。

間口の広い角店《かどみせ》だが、店構えはみやげもの屋に徹した気取りのなさである。お煎餅といえば堅焼の塩煎餅が当り前。卵と甘味をおごったやわらかな瓦煎餅《かわら》は、チョコレートや生クリームを知らないひと昔前の人には贅沢《ぜいたく》だったのかも知れない。いや、それよりも、乗物に乗ってお詣りにゆき、おみやげを買って帰る小半日の遠出が、何よりの保養であり贅沢だったのだろう。そう思って、ここの人形焼を口に入れると、幼い頃、親戚のおばあさんが、信玄袋から出してくれたおみやげの味がしてくるのである。

ゼイタク煎餅のならび「寿堂《ことぶきどう》」の黄金芋《こがねいも》も昔なつかしい匂いがする。卵の黄身を加えた白餡《しろあん》を肉桂《にっき》を利かした皮で包み、串に通して焼き上げた日保《ひも》ちのいいもので、一個百円は当節お値打ちといえる。煎茶《せんちゃ》によし番茶にも合う。袋が凝っていて、寿堂がこの場所に店を構えた明治三十年頃の四季の和菓子の目録になっている。

夏の部を見ると、卯の花餅に始まり、青梅、水無月《みなづき》、夕立（壱銭《いっせん》より）、更に河骨《こうほね》、鯨もちとならんでいる。一体どんなお菓子だったのかと思いながら、店内を見渡すと、これが、東京でも数少ないという坐売《ざう》りなのである。

ショーケース——いや、見本棚といったほうがピッタリする。見本棚の向うは一段上った畳敷きで、若旦那も、品のいいその母堂も、膝を折り、畳に手をついて折り目正しく客に応対をする。江戸の昔から、随一の商業地といわれた人形町の〝あきんど〟の姿と、下町情緒が、黄金芋の肉桂の香りと一緒に匂ってきた。

甘いものついでに、新大橋通りの「亀清砂糖店」をのぞいてみた。これこそ東京でも数少ない砂糖だけの量《はか》り売りの店である。

古めかしいガラス戸の向うから半紙がペタリと貼ってあり、

「ご進物《しんもつ》にお砂糖。洗顔に黒砂糖をお使い下さい」

薄墨の枯れた筆である。

氷砂糖と糖蜜を買うことにした。糖蜜は黒砂糖から作った黒蜜で、パンにつけて食べるとおいしいよ、と年輩のご主人は、容れ物の用意のない私にジャムのびんをゆずってくれ、びん一杯百六十円だという。

五十年ほども使い込んだという「さわら」材のひと抱えもある白砂糖を入れる桶の、

みごとな艶《つや》をさわりながら、黒砂糖で顔を洗う方法をたずねてみた。

「簡単だよ。こやって」

ご主人は、黒砂糖の塊《かたまり》をガリガリと小刀でけずり、粉にしてみせてくれた。

「水で溶いてあとは洗い粉とおんなじだ」

ご主人も使っているの？

と冗談《じょうだん》を言ったら、

「俺は使わないけど、婆さんが使ってるよ」

奥からおだやかな声で、

「糠《ぬか》とまぜるといいですよ」

うす暗い奥の茶の間に目をこらして、私はアッと声をあげてしまった。

顔立ちも美しいが、色白の肌理《きり》はもっと美しい品のいいひとが笑いかけている。年を聞いたら七十六。お世辞《せじ》抜きで十五は若い。

広い板の間には、ご主人の昼寝用の籐椅子《とういす》が陣取って、砂糖桶がならぶのは隅の半畳ほどの土間である。正直言って愛想のないガランとした店だが、黒砂糖洗顔の生きた商品見本が坐っているとは、何と味なことではないか。

砂糖の商い一筋の夫。同じ年月だけ黒砂糖で顔を磨いた妻――

羨《うらやま》しさを半分こめてからかったら、

「そういうつもりじゃないよ」

砂糖屋の主人らしく前歯の二、三本欠けている口をあけて飄々《ひょうひょう》と笑ったが、この人も七十九歳。これまた十は若く見える。今からでは遅いかな、と思いながら、つい黒砂糖を二百グラム買ってしまった。百グラム五十円。私は人形町が好きになってきた。

人形町通りから明治座へ抜ける道を甘酒横丁という。

明治の頃、この横丁の入口に甘酒を売る店があったというが、今は和菓子の店、「玉英堂」で、売りものの玉《ぎょく》まんとならべて、パックになった甘酒を売っている。

ついでに人形町の由来をたずねると、寛永十年（一六三三）頃、今の人形町三丁目あたりに市村座と中村座にならんで、人形操りの小屋が六、七軒あった。この人形の製作修理にあたった人形師が住んでいたことから呼ばれるようになったらしい。

もひとつ、ついでに蠣殻町を調べると、これは江戸初期の屋根の材料からきている。牡蠣殻《かきがら》をひいて粉にし、瓦にして屋根としたといい、或《あるい》はただの板ぶき屋根に牡蠣殻をならべたという。

いずれにしても、三百年昔の屋並みや暮しぶりがそのまま町の名前になり、悪名高い新住居標示にも生き残って今日に至っているのは、何とも嬉しい限りである。

不思議なことに、現在人形町には人形をあきなう店は一軒もないが、甘酒横丁には、下町の名ごりを残した店が二、三軒ある。

入ってすぐ左手の「岩井商店」「ばち英《はなぶさ》」がそれである。

「岩井商店」のつづらは注文が殆《ほと》んどで、今から頼んでも出来上りは秋になるそうだが、ズラリとならんだつづらに次々と黒うるしを塗り、天井にぶら下げて乾かしている風景は、ガラス戸越しに拝見するだけで楽しくなる。

「ばち英」は、ばちに限らず、三味線の製作修理専門の、これも古い店。

この道四十年という職人さんが黙々と三味線の皮を張るそばで、ご主人が皮見本を示しながら、ポツリポツリと話してくれる。犬の皮でもいいのだが、大劇場でここ一番というときはやっぱり冴《さ》えて色気のある猫に軍配が上る。三味線の胴は普通はかりんの木だが、四畳半向きの小唄用には桑の木のほうが粋《いき》とされるそうだ。何やら粋な音〆《おとじめ》が聞えてくるようで、無芸がいささか恥ずかしくなった。

この先五十メートルほど行って左側の角に、小さな飾り窓があって千代紙細工がならんでいる。気ぜわしく歩くと見落してしまいそうな浮世離れたしもた屋で、看板も出ていない。てのひらにかくれてしまう小さな屏風《びょうぶ》に五月人形やら芝居の外題が人形仕立てで貼ってある。値段は五百円から千円ちょっと。アパート住まいの友人や長患《ながわずら》いの病人の枕もとに、来年の春にはこの店の雛《ひな》人形の屏風を届けようと、鬼も笑いそうな心づもりをしたりする。

もう少し足をのばすと、やはり左手に臙脂色《えんじいろ》のタイルも美しい建物があって、これが栗田美術館である。

小ぢんまりした陶磁器だけの美術館で、伊万里《いまり》、鍋島の逸品がならんでいる（入場料五百円）。館長の栗田英男氏が、学生時代、人形町に下宿していた頃、夜店で伊万里のとっくりを買ったのが病みつきで、以来四十年。五千点といわれるコレクションのほんの一部を、青春の思い出のこの場所に美術館を建てて展示したわけである。本館は足利にあるそうだが、こけおどかしの大物ではなく、てのひらでいつくしんで集めたと思われる血の通った名品揃《ぞろ》いが嬉しかった。焼きもの好きの方は休館日の月曜をはずしてゆかれることをおすすめする。

人形町の素顔は裏通りにある。

どの路地も掃除が行き届き、出窓や玄関横にならべられた植木は手入れのあとがうかがえる。竹垣には洗った下駄が白い生地を見せて干してある。

赤坂や六本木の、夜はきらびやかだが、昼間通るとゆうべの食べ残しの臓物《ぞうもつ》が路上に溢《あふ》れたいぎたない横丁を見馴《みな》れているせいか、この町の路地は実に清々《すがすが》しい。どの路地にも四季があり、陽が上ると起き、目いっぱい働いて夜は早目に仕舞って寝る律義な人間の暮しを見る思いがした。

小唄や長唄の看板やお座敷洋食の店が目につくのは、芳町《よしちょう》や浜町《はまちょう》の近い土地柄だろうが、粋なくせに、足が地についてて実《じつ》がありそうに思える。間にはさまる小児科や内科の町医者（こんな言い方をしたくなるほど、つつましい医院が多い）は、夜中でも往診をしてくれそうな門構えである。

犯罪と交通事故の少ない町だと聞いていたが、たしかに軒と軒がくっつきあって、隣りのおみおつけの実《み》まで判ってしまうあけっぴろげの暮しの中では、過激派も爆弾は作りにくいだろう。

そういえば、ある商店の若旦那が言っていた。

「小学生の時、必ずクラスに二、三人お妾《めかけ》さんの子や芸者の下地っ子がいた。身なりがよく体操を休んだりしたけれど、誰もいじめたりしなかった。そういうことが当り前の土地柄なんですね」

こういう路地の中に、「ちまきや」がある。

三本組みになって二百円。値段は安いが味はみごとの一語に尽きる。といって、今日行って今日の間には合わない。予約制で、お節句は来年はおろか次の年までいっぱいです、という。一週間先十日先なら、割り込めることもある。味よりもまず量産の時代に、これはまさに味もゆきかたも稀少価値といえそうである。

辛党《からとう》には、これも路地裏にある「鶴屋」の手焼きせんべいがいいおみやげになる。間口二間ほどの小店だが、ひき茶、甘辛、黒砂糖などの中丸せんべいが奥の大きな黒いいれものから手品のように出てくる。予算を言えば、いろいろ取りまぜて見つくろいで包んでくれる。

ここまで歩くとおなかがすいてくる。

やはり裏通りの洋食屋「芳味亭《ほうみてい》」でコロッケとごはんもよし、表通りの「京樽《きょうたる》」です し懐石《かいせき》もいい。京樽は万事昔通りの人形町では異色の、店も器も凝ったつくりで、女だけの小人数のクラス会などにはぴったりの雰囲気《ふんいき》をもっている。

人形町へきて「魚久《うおきゅう》」へ寄らないのは片手落ちであろう。

魚の京粕漬《きょうかすづけ》だが、甘鯛、いか、まながつおは勿論《もちろん》、平貝《たいらがい》、たらこ、車海老《えび》までならんでいる。切身一切れ二百円ほど。夕方は近所の主婦でいっぱいになる。味に自信があるのだろう、切身は必ず水洗いして、かすを取って焼いて欲しいという。その通りにしてみたが、実にいい味である。夏場は地方発送はせず店売りだけ。年中無休。水曜と土曜は、中落《なかお》ちやカマ、いかのゲソを特売するという看板に嬉しくなってしまった。きびきびと手早いが、それでいて客あしらいに情《じょう》がある。

持ち重りのする、魚久の粕漬を手に、ちょっとひと休みというなら、「快生軒」のコーヒーをすすめたい。大正八年創業。看板の喫茶去《きっさこ》は中国唐代の禅僧趙州《じょうしゅう》の禅語で

「お茶を召し上れ」という意味。喫茶店という名前は、この店の先代が使ったこの看板からきているという。天皇と同じ年だという二代目の佐藤鬲祐《こうすけ》さんは、しゃれたコーヒー色のエプロンで、カウンターの三代目の息子さんと一緒にブレンドの研究とサービスに忙しい。混み合っている時は叱られそうだが、この人に人形町の今昔をたずねたら、面白いはなしが伺《うかが》えそうである。

コーヒーは二百三十円。おいしい。

それにしても、私は何と迂闊《うかつ》だったのか。

お恥ずかしいはなしだが、私は十年も、この人形町と目と鼻の日本橋の出版社につとめていたのである。そのくせ昼は地元のいつも決った店でそそくさと済ませ、夜は銀座だ赤坂だと、派手なネオンや名前に誘われて、これも同じような道を歩いて十年を過してしまった。

ほんのちょっと足をのばせば、こんなに魅力にあふれた町があるのに、何と勿体《もったい》ないことをしたのだろう。

これは人形町だけのことではないのかも知れない。

誰に束縛されているわけでもないのに、私たちは毎日の暮しの中で、ともすると同じ道を通り同じ店で買物をする。同じ人とつきあい同じような本を読む。飽《あ》きた退屈だとぼやきながら十年一日の如《ごと》く変えようとはしない。

散歩や買物に、国境はないのだ。たまには一駅手前で乗りものを降りて、またはわざと乗り越して隣りの町を歩いていたら、私は二十年前に人形町をみつけていたのである。人形町ぶらぶら歩きのおしまいに、私は「うぶけや」に立寄った。産毛《うぶげ》も剃《そ》れますという、しゃれた名前の刃物専門の店である。同じ刃物でも、刀剣を扱う店は、入っただけで、背筋が冷たくなる殺気があるが、出刃や薄刃から花ばさみ、爪切りなど女が暮しの中で使う刃物には、怖ろしさがない。

わが台所の、いささか手入れのよろしくないナマクラ包丁を恥じながら、柳刃と鰺《あじ》切りを求めた。切れない包丁を口実に、お刺身を買うときもサクで買わず、作ってもらっていたのがきまり悪くなったからである。

新しく便利な器具を求める前に、もっときめ細かく暮すやり方があるのではないか。人形町を歩くとごく素直にそんな反省をさせられてしまう。

因《ちな》みにこの「うぶけや」のうしろあたりが、「玄冶店《げんやだな》」である。

江戸時代初期の名医岡本玄冶法眼《ほうげん》が将軍家光の病をなおしてこの地を拝領。そのあと代がかわって六本木に居を移してこの拝領地を町屋に開放した。以来玄冶店と呼ばれ、囲《かこ》い者などが住んでいたのであろう。

「しがねえ恋の情けが仇《あだ》」

の名セリフは知っていても、場所はどこなのか知る人は少ない。人形町にはまだ江戸の香りが残っている。古きよき東京の人情も、「あきない」と一緒に残っているように思えた。

（「ミセス」昭和52年6月号）

でこ書きするな

駅の名前は忘れてしまったが、たしか小海《こうみ》線であった。緑の中にポツンと小さな駅があり、人っ子ひとり居ないプラットフォームの待合いの腰掛けの壁に、「でこ書きするな」という落書きが、いくつもいくつも書いてあった。

「でこ書き」というのは、土地の言葉で落書きという意味であろう。落書きするな、という落書きは珍しいものではないが、でこ書きというのは初めて見た。何人かの小学生が書いたと思われる稚拙《ちせつ》だが伸び伸びとした大きな字で、落書きはこれだけであった。掃除の行き届いた駅であったが、これを消さずにおいてくれたひとに私はひそかに感謝をした。こんなことも旅人にとっては旅のたのしみなのである。若い時分に社員旅行で松原湖へ行き、あのあたりを歩いてどこかの駅から乗った時のことだが、二十五年も前なのに、今もあの駅の絵を瞼《まぶた》の裏に描くことが出来る。

旅人というのは我がままなものである。

都会を離れてローカル線に乗り、小さな駅に下り立った時、その駅が期待に応えてくれないと失望する。適度に古びていて、適度に暗く、適度に不便でないといけないのである。

私はこの間北海道へ遊びに出掛けたが、そこの小さな駅が程よくうす暗く魚臭いのに満足した。札幌の高層ビルを眺めて、「何だ、東京と同じじゃないか」と不満だったのが、「ああ、やっと北海道へ来た」という気がして嬉しくなったのである。駅のご不浄の戸がこわれていたことも、しみの浮き出た鏡にひびが入っていたことも、これも旅情のうちと寛大に許す気持になった。

ほくろやそばかすがその人の魅力になっていることがある。土地の人にはご迷惑な注文かも知れないが、出掛けてゆく側から言わせていただくと、駅などをあまり近代的にしないで欲しい。「でこ書きするな」をひとつぐらいは残しておいて貰いたいのである。

（「旅」昭和54年10月号）

眼があう

ごはんを食べたり、お茶を飲んだりの、普段使いのものを気に入ったものにしたい、と思いはじめたのは、親のうちを出て、ひとりでアパート暮しをはじめた十五年ばかり前のことである。

父と言い争いをして、猫一匹を抱えて家を飛び出したので、当座の鍋釜や茶碗は、手っとり早くデパートのグッド・デザイン・コーナーというようなところで取り揃《そろ》えた。白一色に、せいぜいグレイや濃い茶のモダンなクラフト類は、大正・昭和初期の、ときには悪趣味とも思えるボッテリした瀬戸物で育った眼には、新鮮にうつったものだった。

ところが、だんだん味気なくなってきた。ツルンとしたしゃれた茶碗でのむと、煎茶《せんちゃ》が水っぽいような気がしてくる。新しょうがに味噌をそえた酒のつまみも、持ち重りのする、時代の匂いのついた皿にのせたらどんなにおいしかろうと思うようになった。散歩のついで、買物のゆき帰り、よその土地へ出かけたときに、古い皿小鉢を商う店を覗《のぞ》くようになったのは、その時分からである。好きというだけで格別の知識はないから、頼りになるのは自分の目玉だけである。店に入る。あまり眼に力を入れないで、肩の力を抜いて、なるべくぼんやりとあたりを見廻す。そのとき、眼に飛び込んできたもの、眼があってしまったものの前に立ってみる。

いい。何が何だか判らないが、いい。しかし、大きすぎる。立派すぎる。高そうである。眺める分にはたのしくていいが、さて使う段になったら、薄手すぎたり形が微妙だったりして、洗うにしても仕舞うにしても気が重いだろう。あまりに色が美しすぎ、絵の力がすばらしすぎて、この上に大根や魚をのせるのは申しわけない——というようなものは、心を鬼にして、手にとらずに通り過ぎることにした。

再生産のない放送台本を書く人間の、軽い財布に見合って、万一、粗相《そそう》をしても、

「ああ、勿体《もったい》ないことをした」

と、その日一日、気持の中で供養をすれば済むものがいい。惜しみなく毎日使って、酔った客が傷をつけても、その人を恨んだりすることなく、

「形あるものは必ず滅す」

と、多少頰《ほ》っぺたのあたりが引きつるにしても、笑っていられるものがいい。

口がいやしいせいであろう。私は、ひとり暮しのくせに、膳の上に品数が並ばないとさびしいと思うたちである。父が酒呑みだったので、幼いときからものは粗末でも、二

皿三皿の酒の肴《さかな》が父の膳に並ぶのを見て育ったこともある。私自身、晩の食事には小びん一本でもアルコールがないと、物忘れをしたようでつまらないので、集る瀬戸物も自然に大きいものより、手塩皿のようなものが多くなった。小さいものは、大きいものより原則として値段も安い。

眼があったとき、「あ、いいな」と思い、この皿にのせてうつりのいい料理が眼に浮かぶものだと、少し無理をしても財布をはたいた。料理といったところで、茄子《なす》のしぎ焼とか、風呂ふき大根とか、貝割れ菜のお浸《ひた》しとかのお惣菜《そうざい》だが。

うちにあるものは、こんなふうにして一枚、二枚、三枚とごく自然にたまってゆき、気がついたら、アパートに入ったときに買い求めたクラフト類の一式は、ごく自然に姿を消していた。

気に入って買い求め、何日か使ってみる。客にも出す。すると、これは何ですかとたずねられるようになった。自分でも、多少、知りたいという気持にもなった。

陶磁の本を買い、展覧会にも足を運び、染付がどうの、古伊万里《こいまり》がどうのと、聞いたふうな口を利《き》くようになったのは、あとのことである。

何が何だか判らないけれど、見た瞬間にいいなと思い、どうしても欲しいなと思い、靴を買ったつもり、スーツを新調したつもりで買ったものは、やはり、それなりの、そう出性《でしょう》の悪くないものだと判ったのは、買ったあと、使ったあとだった。勿論《もちろん》、しくじったのもあって、これはそう悪くないぞ、と思っていたものが、さほどでないと知ったものもある。

人間というのは浅ましいもので、判ったあと、そういうものを扱うとき、気持では差別するまいと思うのだが、手は正直で、洗い方がぞんざいになっている。その逆もあって、大したことないと思い、〝ひとかたけ〟の食事代ほどで手に入れたものが値上りしていることを知ると、扱うときの手が、それ相応に気を遣っている。

そういう自分を見ると、ものは値段など知らないほうがいいと思えてくる。他人様《ひとさま》に誇れる名品を持たない人間の言い草かも知れないが、詠《よ》み人知らず、値段知らず、ただ自分が好きかどうか、それが身のまわりにあることで、毎日がたのしいかどうか、本当はそれでいいのだなあと思えてくる。

あまり知りすぎず、高のぞみせず、三度の食事と仕事のあい間にたのしむ煎茶《せんちゃ》、番茶、そして、台所で立ったまま点《た》てるお薄《うす》。このときをいい気分にさせてくれれば、それでいい。

知らないうちに数がたまっていたものに灰皿がある。

私はいま、ほとんどたばこはのまないのだが、放送関係のひとは、たばこのみが多い。うちのテーブルは黒い地なので、気がつくと、黒にうつりのいい灰皿がたまっていた。

双魚の青磁《せいじ》。安南《アンナン》染付。伊万里の持ち重りのするもの。呉須《ごす》赤絵《あかえ》写し。客があっても、着替えるひまもなく、白粉気《おしろいけ》もなしお愛想もない女主人に代って、せめて灰皿ぐらいはにぎやかに、と気持のどこかで思っているのか、私にしては、色のあるものが多い。たばこは白と灰色と茶色の三色しか色を持っていないから、安心して色を重ねることができるのかも知れない。

他人様から見たら、お恥ずかしいガラクタだが、おすすめにしたがってお目にかけ、写真をうつしていただいた。

整理整頓が悪いものだから、戸棚の隅、本箱の手前と、あちこち、その日の気分で散らばっていたのを集めてみて、気のついたことがある。

脈絡なく集めたものが、幼い日、自分が使っていたものに似ているということである。ゆっくりと思い出すと、割れてしまったが、こういう手塩皿があった。これとよく似た形や色のものを見かけたことがあった。お客用で、子供は使わせてもらえなかったが、こんなのがお正月には私たち子供の前にも並んでいた——ということを思い出した。いってみれば、私の皿小鉢集めは、思い出と、昔、使わせてもらえなかった仇討《かたきう》ちなのかも知れない。

（「The骨董」第三集　昭和55年4月）

揖斐《いび》の山里を歩く

若葉の頃を好きになったのは、この三、四年のことである。

血圧がひどく低いせいか、木の芽どきからひと月ふた月は頭痛がしたり眠かったりだるかったりした。頭のなかに春霞《はるがすみ》が残っているようで、といえば聞えがいいが、脳味噌がビニール袋をかぶったようで苦手であった。

ところが、四年ほど前に大病をした。

辛気《しんき》くさい病名で生死の二字が頭のなかでちらちらした時期があったせいか、そのあたりから、若葉の季節を待つようになった。

柿若葉、樫《かし》若葉、椎《しい》若葉、樟《くす》若葉。

どうして今までこの美しさいとしさに気がつかなかったのか、口惜しくて仕方がない。

陽気が定まらないのと、人出が多いのを理由に、この時期の遠出を避けていたことが無念で、今からでも遅くない、せいぜい見逃していたものを取戻したい――

そんなことを考えているうちに、新幹線こだまは、岐阜羽島駅に着いた。

岐阜市の北西にある西国三十三カ所結願《けちがん》の華厳寺と、美濃の正倉院といわれる横蔵寺《よこくらじ》をたずねてみませんかというお誘いに乗ったのは折から連休あけの、新緑したたる季節ということが大きかった。


こだまの車中から眺めるだけであった羽島は、駅前の大野伴睦《ばんぼく》夫妻の銅像だけが目につく何やら殺風景《さっぷうけい》な町に思えたが、岐阜市内へ向うタクシーの窓から、若葉より先に目に飛び込んで来たのは、

「味噌カツ」「味噌カツ定食」

という大きな看板である。

ドライブ・インやレストランの前に必ず出ている。

タクシーの運転手さんにうかがったところ、

「お客さん、味噌カツ、知らんの？」

あきれたという口振りで教えてくれた。

揚げ立ての豚カツに、御当地自慢の八丁味噌でつくった味噌ダレをかけただけのものだが、いまやこのあたりで大変な人気だという。新幹線のビュッフェで、あまり美味《おい》しいとは言えない牛丼を食べただけの胃袋には極めて魅力的に聞える。どうも私は、いざ

となると花より団子になってしまう。

車は長良川の土堤《どて》を走っている。

ゆったりとした美しい川である。

考えてみると、アマゾン河だセーヌ河だと騒いで見物に飛び廻っていながら、私は日本の川を知らなかった。知っているのは隅田川と多摩川ぐらいで、信濃川も北上川も天竜川も、汽車の窓から見下したに過ぎない。もちろん、長良川も、このあたりの景観も初のお目見得《めみえ》である。

岐阜は、こぢんまりとした地味な街であった。

当節、どこの街にも見られる高層ビルも目につくが、県庁所在地にしてはその数は少ない。街なみも一筋奥へ入ると、空襲を受けながらも焼け残ったのであろう、昔ながらの格子戸や蔵や古びた酒屋の看板などが見られるのである。美濃紙の本場らしく、岐阜提灯を商う店も目についた。

市内を走るこぢんまりとした、クラシックな市電が、なんともいい赤い色をしている。この電車は、金沢市のお下《さが》りだというが、玩具のようなこの赤が、渋い茶色の街をゆっくりと走るのは、街も人も、車も色彩に溢《あふ》れて気ぜわしい東京から行った人間には、目の休まる光景である。

有名な盛り場柳ヶ瀬《やなせ》は、市の中央にあり、スナック、キャバレー、映画館などが固まって、賑《にぎ》やかであったが、ひとたびアーケードをくぐり抜けると、まわりは、山というにはおだやかな、こぢんまりとした緑の丸い連なりが目をなごませてくれる。

ただし、この日は生憎《あいにく》の強風でロープウェイがとまり、お目あての金華山の頂上にある岐阜城へは登ることが出来なかった。

金華山はロープウェイでのぼると三分というから、そうびっくりするほど高い山ではないが、全山椎、楢《なら》、楓《かえで》、松などでおおわれている。そのせいであろう、街から見上げるとひとかたまりの新緑の山に、微妙な濃淡、光と影がある。

この山は、長良川の河原に向って、なだれ落ちるような急な斜面をみせて、そそり立っている。岐阜城はちょうどその上に、川を見下す位置にある。

「国盗り物語」で名高い斎藤道三《どうさん》の手で改修されて難攻不落といわれ、ひと頃は織田信長も居城としていたといわれるが、灯が入って夕闇のなかに浮かぶこの城は、下から仰ぐせいか、箱庭のなかの山の上にチョコンとのっかった、瀬戸物の城に見える。四百年の歳月は、つわものどもの夢のあとも、なにやらかわいらしく見せるのである。

金華山、岐阜城、そして長良川が、薄墨から闇にのまれてゆくのを、私は長良川の川べりにある「うお鉄」という川魚料理店の窓から眺めた。

来年で創業百年という老舗《しにせ》だが、ここで珍しいものをいただいた。川マスの塩焼である。

この時期しか獲《と》れないもので、食膳に上った体長三十センチのものは、今朝七時に、目と鼻の長良川で獲ったものという。

マスのういういしさと鮭のコクの、ふたつのちょうどいいところを併《あわ》せたみごとな味であった。脂《あぶら》がのっているのにあっさりしている。それでいて、したたかな凄味《すごみ》もある。名物の鮎は、魚田《ぎょでん》が出た。

塩焼と魚田を鮎の源平ということも、ここで教えていただいた。鮎は六月から八月がおいしいという。十センチに満たない魚田は、頭や骨まで鮎の香りがした。

給仕をして下さったのは、この店の親戚すじにあたるという中年の女性《ひと》だったが、細《ほそ》面《おもて》の美しいおもざしのこの人は、なかなかの話し上手であった。

目の下におだやかなせせらぎを聞かせている長良川が、何年に一度か暴れることがある。

店の一階まで水が「乗っかる」のだが、荷物を運び上げたり避難したりは、上流からカマ首を持ち上げて流れてくる蛇を見て決めるという。蛇が土堤の木の枝にぶら下り、上へ上ったら、避難しなくてはならない、という。水面すれすれにいるときは、必ず水はそこどまりだそうな。

「あの連中は『魔』ですから」

この人からは、「猫顔」ということばを聞いた。

夕暮どき、人や物のかたちがおぼろになる頃あいをいうらしい。

恋猫などが「おくどさん」(へっつい)から出入りするので、顔が煤《すす》けて黒くなる。それからきているらしいというが、やさしく語尾を上げるこのあたりの訛《なま》りで聞く土地のはなしは、ご馳走《ちそう》のひとつである。

私は、だんだん岐阜が好きになってきた。

つくだ煮にするほどの名所旧跡を持ち、観光馴《な》れした京都の媚《こ》びはないが、そっけないあたたかさがある。控え目な味わいが、これでもかこれでもかという旅に馴れた人の心をくすぐるものがある。日本列島の脇の下というところであろうか。

岐阜城の灯が夜九時キッカリに消え、金華山が黒い闇に包まれたのを、川べりの岐阜グランドホテルから見ていた。あと十日ほどすると、目の下の長良川では鵜飼《うかい》がはじまる。

旅に出て、快晴に恵まれると心が弾んでくる。

雨は風情《ふぜい》があっていい、曇りもそれなりに趣きがあると強がりをいうが、新緑はやはり溢れる陽光の下で見たい。

華厳寺のある谷汲《たにぐみ》村は、岐阜市内からタクシーで四十分。名鉄谷汲駅から徒歩十分の静かな門前町である。

駅のすぐ前にある山門から、両脇に土産物《みやげもの》屋のならんだ参道は、桜の季節には、さぞ美しい花のトンネルとなったであろう。いまはしたたるような葉桜の路である。

華厳寺は由緒ある天台宗の古刹《こさつ》である。

そもそも谷汲という名は、桓武天皇の昔、このあたりの土中から燃える水が湧いたことからきているという。石油が出たのである。

この油は、仏前の燈油として使われたのであろう。燃える水を出す土地の寺が、霊験《れいげん》あらたかな全国の観世音《かんぜおん》のある霊場三十三カ所の最終ランナーに選ばれたということなのか。

威あって猛《たけ》からず。

位の高さがうなずける品のあるたたずまいだが、人なつっこいぬくみがある。

楼門の両脇に立つ運慶作の仁王像も、不動明王もさすがあたりを圧してみごとなものだが、どこかに人の世の無骨なユーモアがただよっている。

この寺のみものは、何といっても笈摺堂《おいずるどう》であろう。笈摺とは巡礼者などが着物の上に着る袖無し羽織に似たうすい衣である。笈を背負ったとき背の摺《す》れるのを防ぐために着たものという。

昔、花山《かざん》法皇が、当山参詣の折りに、

今までは親と頼みし笈摺を脱ぎて納むる美濃の谷汲

という御詠歌をわが笈摺とともに奉納された。

これにならった西国巡礼の善男善女が、結願と共に笈摺を奉納するようになったというのだが、どういうわけか、小さなこのお堂は、十一面観音像の前にあふれんばかりの千羽鶴なのである。

どうやらオイズルがオリヅルと間違って伝えられたようですなあ、と案内役をかって下さった、梅田文夫氏は苦笑しておられた。

心をひかれたのは、本堂両脇の柱に打ちつけられた青銅の鯉である。

西国三十三カ所の巡礼を終えた人たちは、ここで笈摺を納め、この鯉を指でなで、その指を舐《な》め、精進《しょうじん》落しの印にしたというのである。

汽車もタクシーもない時代である。

後生を願うとはいいながら、ひたすらわが足で歩き、病いや追いはぎの恐れもあったろう。念仏三昧《ざんまい》、ひたすら精進潔斎《けっさい》して結願にたどりついた人が、背のびして冷たいかねの鯉をなで、舐める図は、考えるだけでうれしい眺めである。

さあ、風呂に入って、酒をのむぞ、なまぐさものをたら腹《ふく》食べてやるぞ。お酌《しゃく》の姐《ねえ》さんの白い二の腕は、観世音菩薩《ぼさつ》よりまぶしく見えたかも知れない。気のせいか、鯉は、ぬけぬけとした人間臭い顔で私を見ていた。

お昼は、先達にならって楼門前の立花屋旅館で、鯉のあらいなどのおひるをいただいた。八丁味噌の本場だけあって、酢味噌の味は絶品である。名物椎茸のさまざまな料理も堪能《たんのう》した。

またしても花より団子が先になってしまったが、ここの若楓はみごとの一語である。広い境内の石段のあたり、お堂からお堂へうつる道すじ、築地塀《ついじべい》の脇。楓は、大きいもの小さいもの。老いたもの若いもの。それらが一斉《いっせい》に人の掌《てのひら》のかたちに葉をひろげ、うす青く透き通って天空をおおっているのである。

一重の若楓。二重三重に重なりあった若楓。そのあいだから、もひとつ澄んだ青い空がみえ、陽の光が輝きこぼれる。

私の顔もからだも、このうす緑に染まってくる。

あらたうと青葉若葉の日の光　芭蕉

はじめてこの句を見たとき、なんだ、と思った。芭蕉という人は、何と当り前のことを偉そうに言う人だろう。ところがいま、こうして青葉若葉の下に立つと、まさにその通りなのである。

造化《ぞうか》の妙に、自然のめぐりの素晴しさに、日頃仏心などには無縁の人間だが、仏はこのあたりにおわしますか、という気持になってくる。

横蔵寺は、ミイラの寺として有名である。

華厳寺から近鉄バスで三十分。

ここも、楓の新緑がすばらしい。境内に百本といわれる石楠花《しゃくなげ》は盛りを過ぎていたが、楓はみごとな緑をみせ、秋の紅葉の頃はさぞや、と思わせた。

寺は、華厳寺よりもうひとつ男性的である。山懐《やまふところ》にあるせいか石段も急で息が切れる。山門も仁王門も本堂も、山岳仏教にふさわしい偉容をみせている。

美濃の正倉院といわれるだけに、鎌倉中期の薬師如来をはじめ、大日如来や仁王像など重文級がごろごろしている。

まとめて瑠璃殿《るりでん》で拝観出来るが、中でも深沙大将《じんじゃだいしょう》にひかれた。

奈良時代の役小角《えんのおづぬ》という人の作と伝えられ、楠材一木造《くすのきざいいちぼくづく》りである。

三蔵法師が天竺《てんじく》へ向ったとき、流沙というところで危害を加えた鬼神というが、後に仏果を得、三蔵を守ったという。

やんちゃ小僧のような面差《おもざ》しで、腕に蛇など巻きつけて凄んでいるが、どういうわけかおヘソのあたりに拳骨《げんこつ》ほどの女の顔がはりついている。この顔が実にいい。ふくよかであたたかい。

そのせいか、じっと見ていると、深沙大将そのものも、人間臭く味わい深くみえてくる。私のような俗物にははじめからよく出来た仏さまより、はじめは悪党であとから少しよくなったというほうが、親しみ易《やす》く有難く思われる。

ミイラ、つまり舎利仏《しゃりぶつ》の本体は、妙心法師という人である。俗名熊吉。十七歳で仏門に入り妙心と改め、生食を断ち、少量のソバ粉を清水に溶いて口にするのみで修行の毎日であったという。三十七歳にして如来の来光を感得、信徒に命じて白木の棺を作らせ、その中に安座して断食称名《しょうみょう》三十一日にして座禅入寂《にゅうじゃく》とある。

舎利仏は、そのままの姿をとどめているとして、この日も参詣者ひきもきらぬ有様であった。

案内役の梅田氏の説明によるとミイラとしては南限であるという。学術的な意味あいも大きいのであろう。信心の足りぬ私には、正直いって、あまりいい気持のものではなかった。仏を信じて入寂し、仏になった人も、乾き切った茶色の体は仏像とは思えぬねじれをみせ、口許《くちもと》には人間らしい苦しみのすがたがうかがえた。だが、一足おもてへ出ると、さんさんとそそぐ陽の光、むせるほどの木の緑である。仏は生きていることを改めて感じさせてくれる功徳《くどく》があった。

谷汲《たにぐみ》もいいところであった。

秋に来て紅葉をながめ、あま干し、といわれる干し柿や椎茸、栗を土産に帰りたいと思った。谷汲駅前の谷汲堂という古美術の店をのぞいたが、小体《こてい》な店だが入ってびっくりしてしまった。

南方古陶磁、特に宋胡録《すんころく》の物凄いのがある。これだけ揃った店は、東京青山あたりにも見られないほどである。私は宋胡録は溜息だけにして、くらわんかのごはん茶碗をひとつ格安でゆずっていただいた。

山も緑も美しく、お寺も結構、鮎も椎茸もおいしかったが、ひとつ心残りがある。岐阜から谷汲へゆく途中もよく見かけた味噌カツの看板である。心を残して帰るのもしゃくなので、羽島の駅で、新幹線ひかりへ乗り換える三十分を利用して構内のレストランに飛び込んだ。

おいしかった。

豚カツのくどさを、味噌ダレの香りがみごとに消し、互いのうまみが掛け算になって、これこそ東西両文明渾然《こんぜん》一体という感じがした。ウェイターのおにいさんに味噌ダレの作り方をおたずねした。

ミリンを鍋にとり、沸《わ》いたところで火を入れアルコール分を飛ばし、八丁味噌を溶かし黄ザラで味をととのえるのがコツという。

帰ったら早速《さっそく》作ってみよう。

食いしん坊の友人たちを呼んで味噌カツパーティを、などと同行して下さった編集部のF嬢とはしゃぎながら、名古屋に着いた。

考えてみると丸一日、新聞もテレビも関係なしで、ただ景色だけを眺めてすごしてきた。夕刊でもとホームの売店で手をのばし、凍りついてしまった。芥川賞作家急死という見出しの横に、思いがけない人の写真があった。野呂邦暢《くにのぶ》氏である。

つい十日ほど前、上京された野呂氏を囲み、食事をし、バーで語り歌ったばかりである。

心筋梗塞《しんきんこうそく》による急死というが、まだ四十二歳である。五日前には、たのしかったという手紙もいただいたばかりである。

いきなり殴られた気がした。

「諫早菖蒲日記《いさはやしようぶ》」「落城記」。私は野呂氏の時代小説が大好きだった。お人柄も敬愛していた。楽しかった新緑の旅が、急に陽がかげったように思えた。

心浮きたつことのあとには、思いがけぬ淵《ふち》がくる。そう教えられたと思うべきなのだろうか。いずれにしても、今年の新緑は、忘れられないものになりそうである。

木の芽してあはれ此の世にかへる木よ　　鬼城

（「旅」昭和55年7月号）

モロッコの市場

あれはエルフードだったのかチネルヒールだったのか、メモもとらずただ目にうつるものを面白がって旅をしていたので、いまとなっては思い出せないのだが、とにかくモロッコのカサブランカからバスで何日目だったか、アトラス山脈も越えサハラ砂漠の入口の小さな町だった。

週に一度の市にぶつかった。

イスラム特有の、城壁のなかに広場がありそこでスーク（市）がひらかれている。

素焼のカメを売っている男がいる。

どう見てもボロ布としか思えない色とりどりの布を山と積んで、そのなかにぼんやりと坐っている男がいる。

地べたに布を敷き、茶をのむときのへこんだヤカンや欠け茶碗などを五つ六つならべたのは、古道具屋であろうか。テントの中の占師。平たいザルに、代赭《たいしゃ》色やうぐいす色の、いい香りのする粉末をならべ、秤《はかり》を前に居ねむりをしている香料屋。

隅のほうに、額に入れ墨のある彫りの深い顔立ちをしたベルベル族の女が、不思議なものを売っている。

木の皮を編んで、ハモニカくらいの大きさにしたものである。モロッコ人のガイドに聞くと、ベルベル族の年輩の婦人にまだ残っているお歯黒だという。

たしかひとつ五十円ぐらいだった。買ってから、さりげなくカメラを向けたとたん、今まで笑顔をみせていたその人はすっとベールで顔をかくし、まわりの男たちは拳《こぶし》をふり上げ、鋭い口笛を鳴らした。

スークの横の囲いのなかでは、百頭近いロバが（スークに集ってきた人たちの足である）草を食べたり、オスはメスのお尻を追いかけ大騒ぎをしていた。

どこからか漂ってくる、ボロ布を焼くような匂いは、羊の肉を焼く匂いである。

地の底から脇の下をこすり上げるように聞えてくる妙に気になるアラビアのメロディ。それ自体が、エキゾチックな音楽としか思えないアラビア語の話し声。暑い太陽。海ではないかと思えるほど真青な空。赤味をおびた代赭色の土。同じ色で出来た四角く平たい窓のない家。それに色とりどりの衣裳をつけたベルベルの女たち。精悍《せいかん》な狡《ずる》いような長身のモロッコの男たち。

こう書いていると、またゆきたくなってくる。

アフリカはケニヤに半月ほど遊んで動物を見たし、チュニジアとアルジェリアも覗《のぞ》いたが、私を引きずり込んでしまったのはモロッコだった。

交通の便もよくない。旅行案内も不備が多い。ホテルの数も少ないし、食物もトマトと卵はおいしいが、あとは口に合わないものもある。ご不浄にいたっては、ドアがなかったり水が出なかったり、全く無かったりで不便もあるが、そんなものがなんだといいたくなるほど魅力がある。日本語の形容詞には見当らない色、景色、音――全く異質の、未紹介の文化がここに残っているという気がした。

（「旅」昭和55年10月号）

ないものねだり

この間、モロッコへ行って来ました。

昔々みた、ゲーリー・クーパーとディートリッヒの「モロッコ」という映画の題名にひかれて、一度行ってみたいと思っていたところでした。

モロッコの首都はカサブランカ(註)です。これまた映画の題名になりますが、イングリッド・バーグマンとハンフリー・ボガートの名作の舞台です。

長い間の行きたい、行ってみたいという夢が叶ったわけですが、カサブランカの町に着いてみて、拍子抜けしてしまいました。

映画の画面で見たモロッコや、カサブランカはどこにもないのです。街には高層ビルが立ちならんでいます。道ゆく人々の中には、昔ながらの民族衣裳を着て、顔をかくした婦人たちも見かけることは見かけましたが、よく見ると西欧風なお化粧をしていたりで、ほとんどがパリや日本と同じ洋服姿です。

食事にしても同じで、ホテルの食堂では、せいぜい羊料理が目につく程度で、パンにしろバターにしろ、ほとんど文明国と変らないのです。ラジオやテレビのチャンネルをまわすと、二局に一つはアラブ風の音楽を流していますが、あとはロックありシャンソンあり。

スークと呼ばれる市場にしても、アルジェリアでみかけた曲りくねった暗い迷路のカスバではなく、昔の日本の闇市《やみいち》のようなマーケットに過ぎません。

がっかりしていましたら、案内係のモロッコ人の青年が、慰《なぐさ》め顔に言いました。

「大丈夫ですよ、たった一カ所ですが、昔と同じものが残っていますからご案内しましょう」

それはカサブランカの街の中央にありました。マーケットの入口近くにそこだけまるで映画のセットのように、古めかしいカスバのような市場が残っているのです。

売っているものは、どこにでもあるモロッコ革の細工物でしたが、いまにも崩《くず》れ落ちそうな丸型の天井や、沁《し》み込んだ羊と革の匂いは、旅行者を充分満足させるものでした。

「やっとモロッコに来たという実感があるわ」

こういった私に、モロッコ人のガイドは満足そうにうなずきました。

「皆さんそうおっしゃいます。そのために残してあるのです」

私が、これぞモロッコ、と喜んだ古びた一劃《いっかく》は、映画「カサブランカ」で使ったセットだというのです。それをそのまま残して、観光客誘致のために使っているらしいのです。

がっくりした私は、十年前にたずねたアマゾンの出来ごとを思い出しました。

ペルーの首都リマから二時間ほど小さい飛行機で北へ飛ぶと、アマゾン河上流のイキトスという町に着きます。昔は栄えたところだそうで人口は一万人ちょっとですが、今はさびれて、見るかげもありません。

そこの腐ったような船つき場から小さなモーターボートにのり、アマゾン河を少しさかのぼって、支流のイタヤ河という少し川幅のせまいところに入ります。因《ちな》みに申し上げますと、アマゾン河の川幅はひろいところでは一キロあり、向う岸はほとんど見えないのです。

そのイタヤ河をさかのぼること一時間ほどで、また小さな船つき場があります。人は一人もいません。家のかげもありません。あるのは茶色く濁《にご》った川とジャングルだけです。

ジャングルには、細い道が一本ありました。

人間ひとりがやっと通れる道で、あぶなっかしい丸木橋や、体をかがめなくては通れない文字通りジャングルのなかの「けもの道」です。

やっとアマゾンに来た。

私は胸がおどるのを覚えました。

張り切ってサファリ・ルックを作ったというのに、大きな日除《ひよ》け帽子を買ってきたというのに、今までのアマゾンは、蟻《あり》が日本の倍の大きさで、少しむし暑いということをのぞけば別にどうということはありません。

ワニもいなければ、サルもいないのです。

バン刀でジャングルを切りひらき、アブや蛇と戦いつつ進んでゆく――「冒険ダン吉」というマンガの読みすぎなんでしょう。そう思って鼻の穴をふくらましてやってきたので、少し落胆していたのですが、ここにきて、俄然《がぜん》生色をとりもどしてきました。

目の前に、葉っぱで屋根をつくった掘立て小屋が二つありました。

なんとか族。名前は忘れましたが、アマゾン原住民の住まいでした。かなり大家族の二家族が住んでいました。

その中をのぞかせてもらいますと、暗い土間の真中にあるのは、素朴なカマドひとつです。あとはなにもありません。

男も女も絵に描いたような腰ミノひとつです。家長らしい老人は、頭に鳥の羽根でつくったかぶりものをかぶっています。男たちは吹矢の道具を手に持ち、遠くはなれた木の幹に向って矢を吹き、私たちにもやってごらんと手真似ですすめたりするのです。

これこそアマゾンです。

高い飛行機代を払ったけれど、本当に来てよかった。そう思いました。

私たちにまつわりついていた七、八人の子供たちの耳は、熱帯性の潰瘍《かいよう》で耳たぶの形がないほどただれています。目もトラホームかなんかでしょう。真赤です。勿論《もちろん》ハダシ。

これがアマゾンの現実なのです。

大きくうなずいたとたん、子供たちが手を出しました。

「たばこをくれ」

というのです。

気がつくと男たちは、馴《な》れた手つきで「ラッキー・ストライク」を吸っていました。

そのへんから、おかしいなと思ったのですが、この人たちは、観光客のために一日いくらでかり集められた、つまり観光用原住民だったのです。

「そういえば、近くまできたとき、マリアッチの音楽が聞えていたわ」

同行の澤地久枝さんが言いました。

実は私も、吹矢をする木の枝に、携帯ラジオがブラ下っているのを見たのですが、何でも自分に都合よく解釈するくせのある私は、この人たちがどこからか拾ってきたこわれたラジオだと思っていたのです。

モロッコといい、アマゾンといい、いまの世界には秘境といわれるところ、珍しいところはどんどん失《な》くなっています。

おまけに観光客は、二十年前、三十年前、いや五十年前のイメージを求めてその土地へやってきて、

「想像していた通りの面影はどこにもない」

といってガッカリするのです。

なにも外国までゆかずとも、私は北海道でも同じ思いを味わいました。

札幌から小樽まで一人でタクシーにのり、面白いところを見せて頂戴《ちょうだい》、とたのみました。運転手さんがとても気分のいい人で、地理にも明るく、少し廻り道をしながらいろいろなところをみせてくれたのですが、そのどれも、私を失望させるものばかりでした。古い昔ながらの家並みを想像していたのに、北の海の海岸に立ちならぶのは、赤や青の新建材の屋根でした。妙にモダンな同じパターンの建て売り住宅でした。同じ気持は、札幌の町でも味わいました。

正直いってつまらなかったので、そのことを北海道出身のある作家に申し上げたところ、その方はこういわれました。

「でもそのために、住む人は寒い思いをしなくなった。少なくとも、暮しには便利になった。よその土地から見物にくる人のために不便な暮しは出来ませんよ。そういうものじゃありませんか」

おっしゃる通りだと思いました。

私たちは、いつも旅に対してないものねだりをしています。

昔のままの姿。

それは、土地の人に三十年前、五十年前のままの不便を強制することになるのです。私たちは文明の恩恵に浴して、暖冷房自在のうちに住み、便利な電気器具にかこまれて暮していて、他人には不便を求め、求められないと、ひどくガッカリしているのです。考えると、誠に不遜《ふそん》なことです。申しわけないことだと思えてきます。

日本にくる外国人は、いまだにフジヤマ、ゲイシャです。いまどき、何を言うのか。何たる認識不足と腹立たしく思っていましたが、そういう私たちが外国へゆくと、それと同じことをしているのです。

そう反省しながらも、つい最近ニューヨークへ行ったとき、私はまた同じことをしてきました。マンハッタンの超高層ビルは、たしかに日本の東京などとは比較にならないスケールの大きさです。

凄《すご》いものだなあ、さすがに地震のない国は違うわねえ、と感じましたが、それだけのことで心に残って何度もたずねたのは、ヴィレッジやソーホーと呼ばれる地域でした。

五十年も前の倉庫が、いまはいい色に古びて、荒れて、それがひとつの風情《ふぜい》になっているのです。こわくてさみしくて、荒れていて――それが妙にいいのです。それをモダンに住みこなしている人たちをすばらしいと思って帰ってきました。

旅のないものねだりは、頭では、理性では御《ぎょ》せない、本当に困ったものだと思います。反省しながらも、私はやはりこれからも同じ気持で旅に出るに違いありません。

（「ヤングメイツ」昭和56年3月号）

〈註・モロッコの首都はラバト。著者の思い違いです〉

煤《ばい》煙《えん》旅行

　嘘か本当か知らないが、うちの祖母は、

「天皇陛下のお召し列車の運転手は、窓のところにローソクを立てて、火が消えないで発車出来るように練習するんだよ」

　と言っていた。私たちと一緒に汽車にのったとき、ゴットンと、いったん首がうしろにそっくり返るほど反動をつけて汽車が動き出すと、

「あ、今日は偉い人が乗ってないよ」などと私たちに目くばせをしてよこした。

　祖母は、汽車にのり、大きな信玄袋を網棚にのっけると、つぎには手拭《てぬぐ》いを取り出して折り、着物の衿《えり》を覆《おお》うようにした。煤煙《ばいえん》から衿の汚れを防ぐためである。父が一緒の旅行のときなどは、

「カフェの女給みたいな真似はよしなさいよ」

　と叱言《こごと》を言われるものだから、遠慮をしていたが、父がいないと必ずやっていた。衿

を手拭いで覆っているのは祖母だけではなかった。昔、汽車旅行をすると、よくあちこちが汚れたものだった。首筋も鼻の穴も耳のなかも、うす黒くなった。父の固い糊《のり》のついたワイシャツの、衿もカフスも、半日ものると汚れが目立った。鼻をかむと、真っ黒い洟《はな》が出た。

「煙が目にしみる」というのは、ジェローム・カーンの名曲である。煙草をうたったものらしいが、昔の汽車旅行も、ときどき煙が目に沁《し》みた。汽車はトンネルに入る前に、「ポーポーポー」入るぞ入るぞ、と叫んで教えてくれる。「ほら、トンネルだ。早く窓を閉めなきゃ」

大人たちは一斉《いっせい》に中腰となり、あわてて窓を閉める。閉め遅れると、煙が車内に入ってくる。汽車の煙は、塩《しょ》っぱいような味がした。そういうとき、私はよく目にゴミが入った。

石炭ガラ、というと大げさだが、煤煙なのであろう。普通のゴミより粒が大きく、目に入るとかなり痛かった。

「こすっちゃダメだ。我慢しなさい」と言われ、赤んベエをさせられる。父や母が、白いハンカチの端を三角にとがらせると、唾液でしめして、瞼《まぶた》の裏にくっついたゴミを取ってくれた。

「チチンプイプイのプイ」というおまじないがあとにくっついた。

大きな痛みは取れたようなものの、まだすこしゴロゴロする。気にしながら、窓のほうを向いて坐り直し、森永キャラメルを一粒、口にほうり込む。キャラメルは、いつもは一箱五銭十個入りだが、汽車にのるときは特別というので、二十個入り十銭のを買ってくれた。

エンゼルマークの森永キャラメルは、この間復刻版というとおかしいが、昔なつかしいあの包装、あの味のものを作ったらしく、知人がもったいぶって一箱、分けてくれた。口に入れたら、昔の味がした。

靴をぬいで、窓のほうを向いて坐り込んで眺めた。「後へ後へと飛んでゆく」田圃《たんぼ》やわらぶき屋根の農家のたたずまいを、久しぶりに思い出した。

昔の汽車で思い出すのは、床にあった埋め込みの金色の痰壺《たんつぼ》である。痰壺兼灰皿兼小さなゴミ入れだったらしく、吸いがらやミカンの皮が突っ込まれていた。いまは全く見かけないので、自分が脚本を書いたテレビドラマ「あ・うん」でこれを再現してもらうとき、若い大道具さんにこれを説明するのに、大汗をかいたことがあった。

車輛《しゃりょう》から車輛をつなぐ連結器も、私にとってスリルのある場所であった。あそこを通るときは、なぜかきまって、揺れがひどくなる。蛇腹《じゃばら》になった幌《ほろ》のような部分の横のほうが破れていたりする。夜汽車だと、そこから闇がのぞき、闇のなかに外の景色や光が赤く点滅しながら消えてゆく。

いま、レールの上を凄《すご》いスピードで走っているんだという実感があった。スウッと下へ吸い込まれそうで恐いくせに、もう少しここに立っていたいと思った記憶がある。

昔の汽車の旅は、時間がかかった。

私は小学生の時分、あれは昭和十二、三年ごろであろうか、東京から鹿児島まで二十八時間の旅をしている。

生れて初めて二等寝台に眠り、食堂車で定食というのを食べた。眠ったり食べたりする間も、汽車が走りつづけているのが、子供心に不思議に思えてならなかった。

鹿児島駅に着いたとき、家族七人はぐったりしていた。洋服も着物もよれよれになり、くろずんだ汚れた顔をして、口をきくのも大儀といった風であった。

新幹線のホームなどで見かける近頃の旅行者は、昔にくらべると、元気で張り切っている。白いスーツのひともいる。昔なら真っ黒になっていたのに、と思い、もう煤煙には縁のなくなったいまの旅を、便利になったものだと思いながら、森永キャラメルの甘さを懐しむように、ふと昔の汽車の旅を思い出したりする。そんな絵の中の私は、お河童《かっぱ》頭で、ねずみ色のビロードの服を着て、黒いエナメルの靴をはいた、痩《や》せた目ばかり大きい女の子なのである。

（「日本の蒸気機関車・西日本編」昭和56年3月）

羊横丁

はじめて羊横丁に足を踏み込んだときは、正直いって肝をつぶした。

スーク、ところによってはバザールともいうらしいが、曲りくねった市場の小路一筋二筋が、軒なみ羊を売る店なのである。

肉だけの店。臓物《ぞうもつ》だけの店。それも胃袋だけ腸だけ扱う店もある。毛皮だけ、脚先だけ。それぞれ専門店になっているらしい。

肉専門店には、いまサバいたばかりといった感じの生々しい羊の頭が、十個も二十個も板の上にならべられて、こっちを向いている。

人がやっと二人通れるほど細い路は、羊の匂いでいっぱいである。足許《あしもと》には羊の毛皮が散らばり、血を洗い流す水か、それとも血なのか、ヌルヌルに濡れてよく滑った。

チュニジア、アルジェリア、モロッコ。マグレブ三国と呼ばれるところを半月間旅行して、一番印象に残るのは、この羊横丁であった。

羊はどちらかというと苦手であった。

ウール、つまり毛織物は大好きで、やはり化繊よりいいわ、などと言っていたが、マトンのほうは、匂いも味も、あまり有難い代物《しろもの》ではなかった。

昔、スキーにいって、蔵王《ざおう》で食べた羊のジンギスカンというのをおいしいと思ったくらいで、あとはほとんど敬遠のフォア・ボールであった。

だが、マグレブ旅行ではそんなことは言っていられなかった。

羊の肉にもピンからキリまであることが判った。

やわらかく、香ばしく、香料が吟味されていて、つい手が出てしまうものもあった。シシカバブーの一種なのであろうか、短剣を形どった銀色の串に刺して焼いたものは、クミンシード（cumin seed）の香りがして、かなり大きい肉を残らず平げた。

あれはモロッコのチネルヒールだったかエルフードだったか。食事どきが近くなり小さいホテルの食堂へ入ったところ、裏庭でゴミを焼いている。ゴミの中に垢《あか》じみた古着でもまじっているのか、爪や髪の焼ける、あまり有難くない匂いがただよってくる。

「なにも食事どきにゴミを焼くことはないじゃないの」

ブツブツ文句をいいながらテーブルについたが、ゴミを焼いていたのではなく、私たちの食卓にのせる羊を焼いていたのである。このときの羊の焼肉は、どうにも固く、匂いも強く、貴重品の醬油《しょうゆ》をかけたがのどを通らなかった。

そんなことを繰返しているうちに、私は、羊の匂いと味に馴《な》れてきた。顔をそむけ、鼻をつまむようにして通った羊横丁を、面白いと思うようになった。汚ないと見えたものが、生き生きとうつるようになった。

これはおいしそうだな、上等なところだな、これは年とった羊かしら、固そうだな、と私なりに区別がつくようになった。

羊の頭は、レストランのガラスケースの中にも並んでいた。赤むけに皮をはがれ、オリーブの葉を口にくわえて、とぼけた顔をしていた。私は頭は食べる機会がなかったが、これは高価なご馳走《ちそう》らしかった。私たち日本人が、鯛のかぶと焼を食べるのと同じであろう。

羊横丁に馴れるのに十日はかかったが、着いたその日においしいと思ったのは、オレンジと卵である。

チュニスの町はずれの果物屋で、日本円にして五百円ほどのお金を出して、オレンジを買った。赤んぼうの頭ほどの、みごとなのが十二個きた。大きな袋に入れてもらい、ツアーの一行十人に振舞った。

誰かがオレンジを二つに割ると、甘い匂いがバス中にただよった。かぶりつくとオレンジ色の汁が、バスの床にしたたった。マグレブのオレンジは、パリの何十パーセントかを占める重要な輸出品ですといっていた。

卵は、形はよくなかった。いやに丸っこいのもあるし、難産だったのかひょろ長いのもあった。しかし、味は素晴しかった。昔食べたなつかしい卵の味がした。

アトラス山脈を越えたモロッコの小さな町で、サハラ砂漠へ日の出を見にゆくツアーがあった。

塩味のパンと、ゆで卵が、ホテルの用意してくれた朝食であった。期待したサハラ砂漠の日の出は、珍しくも雨が降り、見ることは出来なかったが、岩塩をつけて食べたゆで卵のおいしさは、今もなつかしく舌に残っている。そういえば、卵の親であるチキンに、さまざまな香料とレモン、オリーブの実をあしらい蒸し焼にしたタジンという料理も、みごとな味であった。

（「中東ジャーナル」昭和56年春号〈4月〉）

私と絹の道

絹というものをはじめてさわった記憶は、小学校の一年か二年の頃である。

絹は光っていた。

冷たそうで、上品で、大人っぽくて、驕慢《きょうまん》で（勿論《もちろん》こんなことばはまだ知らなかった）昼見るよりも夜のほうが綺麗《きれい》だということぐらいは判った。

何よりも感触が違っていた。

ヌメッとして、近所の、一番艶《つや》のいい猫の背中のようだった。布のくせにわずかな脂《あぶら》気《け》があって、ビロードとはまた違った手ざわりは、子供をドキドキさせるものがあった。

祖母や母のアカギレの手で絹の着物をさわると、ガサゴソと音がした。アカギレは木綿の布にふさわしいのだな、絹は私たちとは別の世界のものだなと思った覚えがある。

絹が蚕《かいこ》から出来るということを知ったのはその二年ほどあとである。子供のくせに肺を患《わずら》い、保養のため今はダムの底に沈んでしまった奥多摩の小河内《おごうち》村で一夏をすごした。

宿屋と宿屋の間に、温泉を貯めておく湯だまりがあり、そこで何か白く丸いものが廻りながら煮えていた。それが繭《まゆ》であった。このときはじめて、私はどうして絹が出来るのか知ったのである。蚕は光る白い糸を吐き、小さなひとりだけの城をつくり、わが身を滅して絹を残すのだ。

シルクロードということばに出逢ったのは、それから更に何年かあとの、恐らく太平洋戦争をはさんだあとのことであったと思う。

絹の道と聞いて震えるもの、感応《かんのう》するものがあったのは、このふたつの記憶がもとになっているらしい。

一日も早く行ってみたい。

でも幕の内弁当で一番好きなものおいしいものは、舌なめずりをしながらとっておき、一番おしまいに食べるように、私は早くゆきたいという自分の気持をいじめるように、わざとほかの土地へ出かけていった。

五年前に大病をした。

もし命が長くないと知ったら、ゆきたいところは、シルクロードだなと思い、シルクロード関係の本を三、四冊持って入院した。

篠山紀信氏のシルクロードの写真を拝見していると、二つの矛盾《むじゅん》した気持におそわれる。

もっともっと見せて下さい、というものとそんなに見せて下さいますな、という気持である。

行きたい、見たいとお題目に唱えながら、暮しに追われてなかなか「おみこし」が上らない。せめて写真ででも拝見して行った気分になりたい。

でも、もうひとつの気持は、あまり拝見してしまうと、行ったときに落胆しはしないだろうかという怖れがある。

すぐれたカメラマンにみつめられると、山も川も砂漠も、みんないい顔をする。何千年か前に、そうであった顔をしてみせる。自分たちすら忘れていた、時のなかに眠っていた色、光、形を、命のないものたちが思い出して、篠山さんの前で、フワリとみせてくれているように思う。

篠山さんの顔は、そのまま横位置の二眼レフである。あの目玉でにらまれると、風も匂いも、恐れ入ってしまって、催眠術にかかってしまうのであろう。

何年か先、私は恐らく、シルクロードに出かけてゆくことだろう。だが、そこで出逢うものは、決して篠山さんの見せて下さったシルクロードではない。

歴史は薄情である。

景色も旅人には冷たい。

雨の日は雨の顔。

風の日は風の声。

砂嵐の日は、仏の顔も不機嫌に違いない。

私たち凡俗に、シルクロードは決して胸襟《きょうきん》をひらいて、歴史を語ってはくれない。嫌というほどそれが判っているから、今のところ私は篠山シルクロードに溜息をついている。

いい顔と書いたが、それは決してよそゆきの顔ではない。白粉《おしろい》を落した、人間的な素顔である。しみもあれば、アバタもある。無惨な眺めもある。それでいて、美しい。色っぽい。凄《すご》い。

篠山シルクロードをおなかいっぱいご馳走《ちそう》になって、何年かかかって、それを消化して、それから私は出かけてゆくことにしよう。消化するのに何年かかることか、この分では随分先のことになりそうである。

（「篠山紀信シルクロード写真展・パンフレット」昭和56年5月）

沖縄胃袋旅行

子供の時分に「きっぱん」というお菓子を食べた記憶がある。父の沖縄土産《みやげ》だった。

小学校四年から二年、鹿児島で過した。保険会社の支店長をしていた父が三月に一度ずつ出張で沖縄へゆく。日中戦争が本格的になり出した頃だからまだ民間飛行機はない。船旅である。口小言《くちこごと》の多い父が一週間居ないから伸び伸びと振舞える嬉《うれ》しさに、お土産の楽しさがあって、子供たちはみな父の沖縄ゆきを心待ちにしていた。

パパイヤや生のパイナップルの味も、このとき覚えた。私はひそかに庭にパパイヤの種子を埋め、毎日眺めていたが、到頭《とうとう》芽を出さなかった。

朱赤の沖縄塗りのみごとな乱れ箱や茶櫃《ちゃびつ》もこのときうちにやってきた。豚の血をまぜて塗ったのだと父に聞かされて（本当かどうか知らないが）鼻をくっつけ、匂いをかいだ覚えがある。輪島塗りや春慶《しゅんけい》塗りとは全く違った、一度見たら忘れられない、ドキッとするような妖しい美しさがあった。

お菓子は、黒砂糖のものや冬瓜《とうがん》の砂糖漬など珍しいものが沢山《たくさん》あったが、私は何といっても「きっぱん」が好きだった。形は平べったい大き目の饅頭《まんじゅう》で、まわりは白い砂糖がけ、アンは細く切った果物の砂糖漬である。猛烈に甘くほろ苦かった。子供が沢山食べると鼻血が出るといって、一センチぐらいに薄く切ったのを一度に一切れしか食べさせてもらえなかった。チョコレートにしろ「きっぱん」にしろ高価なお菓子は沢山食べると鼻血が出るといった。無闇《むやみ》に食べさせない用心だったのかも知れない。「きっぱん」は鹿児島を離れ、戦争がはさまり、遠いかすかな思い出となって四十年近い歳月が流れた。沖縄と聞いて胸がさわいだのは、「きっぱん」が食べられるかも知れないと思ったからだ。

今までにも沖縄へゆく友人に頼んだのだが、「見つからなかった」という理由で駄目だったからである。

沖縄の人たちは私たちを「本土の人間」という。本土の、しかも東京の人間にとって、沖縄の空と海は恐いほど青く、まぶしい。まるで白刃でも突きつけられているようだ。三十六年前、それこそ本土の身代りになって血を流したところへ、のこのこと、ただ食べるだけのために出かけていったことが我ながらうしろめたかったのだろう。

強い陽ざし。真紅なデイゴの花。那覇《なは》の街は近代的なビルの街にかわっているが、ところどころに昔ながらの赤瓦を白い漆喰《しっくい》で押えた屋根に、魔除《まよ》けの獅子《シーサー》をのせた家がみられる。獅子はブスッとしておっかない貌《かお》をしているがよくみると愛嬌《あいきょう》がある。

沖縄料理の名門「美栄《みえ》」も、古い琉球のたたずまいを残す料亭である。上品。洗練。余分な飾りを一切排した落着いた座敷に花一輪を活けた壺。強く透明な泡盛。掌《てのひら》に納まるほどの蓋《ふた》つきの小鉢に入った突き出しからコースが始まった。

・豆腐よう

沖縄のチーズ。豆腐を泡盛、こうじ液に漬け込んだ焦茶《こげちゃ》色の小片。コクあり極めて美味。

・中身《なかみ》の吸物

透明な吸物のなかに薄黄色のひもかわのごときものが沈んでいる。淡泊ななかに歯ごたえ。これが豚の腸と聞いて二度びっくりする。

・東道盆

「とうんだあぶん」と発音する。

朱赤に沈金《ちんきん》をほどこした豪華な六角の盆に盛られた前菜である。蓋をとると中は七つに仕切られて、色鮮かなオードブルが盛られている。その美しさは食べるのが勿《もっ》体《たい》ない。

中央に花イカ。モンゴイカを茹《ゆ》で、馬やカニを思わせる形に包丁で切り込みを入れ、端を赤く染めたもの。

カジキマグロを昆布で巻いたもの。

高菜を入れた緑色のカマボコ。

ニンジン入りの揚げカマボコ。

小麦粉を薄く焼いたもので、豚味噌を巻いたぽーぽー。

あっさり口と脂《あぶら》っこいもの、コクのあるもの、甘いもの、歯ごたえのあるものが一口ずつならんで、しかも、この東道盆はグルグル廻る。これが沖縄料理の前奏曲である。

・ミヌダル
豚ロースに胡麻をまぶして蒸したもの。

・芋くずあんだぎい
「んむくじあんだぎい」というのが本式の発音。あんだぎいは揚げもののこと。蒸したサツマイモに、同じくサツマイモから取った粉をまぜて作ったもの。薄紫色の熱々を頬《ほお》ばると素朴な甘さが口いっぱいに広がる。

・大根の地漬
大根を地酒で漬けたもの。酒の肴《さかな》にぴったり。お代りが欲しいが我慢する。

・田芋のから揚げ

外側はパリッとして中がやわらか。

・地豆豆腐

じーまみどうふ。地豆は落花生《らっかせい》。胡麻豆腐より色白キメ細かでコク、舌ざわり抜群。

・昆布いりち

いりちは炒めもののこと。昆布と豚肉の炒めものだが、昆布が豚の脂を吸って、思いがけない合性《あいしょう》のよさ。昆布はよく使われる。

・どるわかし

田芋を豚のだしとラードで、形が崩《くず》れるまで煮こんだもの。見かけはよくないが味は上等。

・耳皮さしみ

「みみがあ」は豚の耳。くらげにそっくり。箸《はし》休めにぴったりの歯ざわりのよさ。

・らふてえ

沖縄風豚の角煮。脂肪の多い豚の三枚肉（はらがあ）を砂糖、しょう油、泡盛で気永に煮込んだもの。とろけるようにやわらかく意外に脂っこくない。

・豚飯

とんふあん。茹でて細切りにした豚肉、椎茸などをまぜたサラサラごはん。お茶漬け風に豚肉とかつお節でとっただしをかけて食べる。おなかいっぱいなりに不思議に入る。
・パパイヤのぬか漬
・タピオカのデザート
蜂蜜のなかに沈んだプリプリした冷たいタピオカ。
・ジャスミン茶
これでお仕舞い。ご馳走《ちそう》さま。


沖縄料理は二つに大別される。

宮廷料理と毎日の食卓にのぼる庶民料理である。「美栄」で戴いたご馳走を毎日食べたのでは破産してしまうから、これは当り前のはなしであろう。

宮廷料理にしても、日本料理ではなし、かといって中国料理でもない。いわば二つの国の混血児といったところが正直な感想だが、これは歴史のほうも証明してくれている。

沖縄の前身である琉球は十七世紀初め薩摩に侵略された。それ以来那覇に薩摩藩の奉行所が出来た。その役人を接待するため、口にあった料理を供しようとして、琉球の料理人が薩摩に修業にゆき、日本料理を覚えて帰ってきたこと。

もうひとつは、冊封使《さくほうし》の影響だという。冊封使とは耳馴れないことばだが、これは琉球王が替るたびに中国皇帝から送られてきたお祝いの使者のこと。このご一行さまは何と一回に四、五百名というから迎え入れるほうも大変だったに違いない。この連中をもてなすために琉球の包丁人はまた中国へ勉強にゆく。

これは明治維新まで続いたというから、遠来の客をもてなす日華混血の色彩美しい琉球料理が発達したということなのだろう。

沖縄料理の主役は豚と芋である。

那覇市内の平和通りの奥にある公設市場をのぞくと、それがよく判る。

肉売場のほとんどを占領するのが豚である。

豚の血百円、耳二百円。そして足一本が千六百円。ずらりとならんだ桃色の肉の塊のなかで、豚足《とんそく》も太目のラインダンスよろしくならんでいる。

客は慎重な手つきで選《え》りわけ、「これがいいわ」となると、店の人（これがほとんど女性である）は、ひと抱えもある大木を一メートルほどの長さに切った、長いドラムのような中国式のまな板に足をのせ、包丁というより大鉈《なた》で、ドスッ！　ドスッと骨ごと叩っ切る。

はじめは、びっくりしたが、陽気な笑い声まじりにあっちでもドスッ！　こっちでもドスッと聞えてくると、そのうちに馴れてきて、こっちまで豪気《ごうぎ》な気分になってくる。

私も豚の足を一本買い、泡盛を一樽背負って帰り、「足てびち」を作ってみようかという気になる。はじめは正直いってびっくりしたがつつましく両足揃えて売られている豚のひづめの部分まで、おいしそうに見えてくるから不思議である。

ここでは山羊の肉も売られている。草だけ食べさせておけばひとりで大きくなる山羊は「ひいじゃあ」と呼ばれ、庶民のご馳走である。今でも屋外で山羊一頭をほふるパーティが開かれ、その場で、血、刺身、蓬《よもぎ》の入った汁という具合に料理され、精力剤として珍重《ちんちょう》されるそうだ。

魚は、県魚のグルクン（赤っぽい美しい魚）をはじめブダイ、スズメダイ、キングアジ、ロールイカ。熱帯魚かと見まがう鮮かな色彩である。値段は、メカジキ六百グラム九百円。もう少し近ければ買って帰りたいほど安い。

野菜もみごとである。ピーマンの大きさ、肉厚さに溜息をつき、茄子《なす》の大きさ、ショウガ、ニンニクの立派さに圧倒された。苦瓜（ゴーヤー）とヘチマと蓬は、東京では見かけないものだが、沖縄料理には欠かせない材料らしく、どこの八百屋にも必ずならんでいる。

豆腐が固いのにもびっくりした。

豆腐は白くてやわらかいものと思っていたが、沖縄のは、黒っぽくて固いのだ。

「豆腐の角《かど》に頭ぶつけて死んじまえ」

というのは江戸っ子の啖呵《たんか》だが、ここでは通じない。

乾物コーナーをのぞくと、目につくのは、かつお節と昆布である。生節《なまぶし》のいい匂い。

値段も安い。ああ、買って帰りたい。昆布が沖縄料理で多いのは、昔、松前藩あたりと、交易があり、かなり一方的に昆布を押しつけられたのではないですかなあ、と土地のかたがおっしゃっていらした。

昆布の横に、見なれないものがあった。

黒くて長くて乾いていて、昆布みたいだが昆布にしては地紋がある。厚味もある――と思ったら、これが「イラブー」のくん製であった。「えらぶ鰻《うなぎ》」つまり海蛇である。丸くとぐろを巻いたのもある。

昆布や豚足と一緒に三日ほど気永に煮込んでスープにすると、「いらぶーしんじ」となり、滋養のある高価な料理として、なかなか庶民の口に入らなかった代物《しろもの》だそうだ。元気がなくて勇気のある人は、ぜひ味わってみて下さい。私は両方ないが機会がなくて戴くことが出来なかった。

市場といえば、胃袋に関係はないが、牧志《まきし》東公設市場も書き落すわけにはゆかない。大きな市場全体が、全部繊維関係の店である。仕切りのない何十いや何百という小店で、洋服屋あり、呉服屋あり、下着、制服、何でもござれ。おまけに坐っているのは、揃って女あるじである。

若いのもいるが、ほとんどが四十代から七十代まで。戦後、ヤミ市だったのがそのまま残り、バラックを建て替えて、同じ形でつづいているのだという。女あるじたちの身の上も戦争未亡人あり、ゆかず後家《ごけ》あり、本もの後家ありだが、同じ職種なのに仲がよく、頭株《あたまかぶ》の威令よくゆきわたり、冠婚葬祭の御付合いは勿論《もちろん》、ご不浄へ立ったときの店番は隣りが引きうける。この仲間意識は、どうやら沖縄島民共通のものであるらしい。一軒が畳三畳ほどに女あるじ一人の小店揃いだが、彼女たちの政治力経済力は大変なもので、那覇市の市長選挙も、このオバサンがたの支持が得られないと当選はむずかしいというから凄《すご》い。

そう聞いてから歩いたせいか、皆さん、ひとかどの面魂《つらだましい》だった。体格も堂々、松の根っ子のような腕で反物を巻いている女丈夫《じょじょうふ》とお見うけした。ケニヤの首都ナイロビで、やはり市場を牛耳《ぎゅうじ》っているのがマーケット・マミーと呼ばれる女性たちで、高見山関と取り組みをさせてみたいと思うほどの偉丈夫（？）揃いだったのを思い出した。彼女たちも大統領選挙に大きな発言力を持っていると聞いた覚えがある。

チョコレート色のマーケット・マミーたちも陽気だったが、沖縄のマミーたちも明るかった。よくしゃべりよく笑う。ラジカセの演歌に合せてからだをゆすり、大きな弁当箱をひろげて、時ならぬ時間に旺盛《おうせい》な食慾をみせている。

このバイタリティを支えるのは何だろう。沖縄の人たちの普段の食事を知りたくなってきた。

街を車で走ると「沖縄そば」の看板が目につく。その中の一軒「さくら屋」へゆく。首里《しゅり》の住宅街にあるしもた家風の小ぢんまりした店だが、珍しく手打ちである。

戦前、食堂といえば、そば屋のことだった。庶民に一番なじみの深い外食だったが、ほとんど機械に切りかえられ、手打ちは珍しいという。生のカンピョウというか、ひもかわ風。薄い黄色のしこしこした歯ざわりがいい。かつお節と豚肉でとった透明なスープに、カマボコと豚肉が入っている。大三百円、小は二百円。食卓にのっている唐辛子と泡盛を入れた汁（ひはつ）を少量、そばに落してすすり込むと、あっさりした風味がおいしい。ペルーへ移民した家族が、里帰りして一番にこの店へかけつけ、懐しそうにそばをすすり込んでいた。

辻町といえば、昔は格式高い遊廓《ゆうかく》で有名だったところである。バーや飲食店がならんでいるが、そのなかでおいしいと評判の「夕顔」で、「足てびち」と「そうめんちゃんぷるう」に感動した。

骨ごとぶつ切りにした豚足を水で茹で、かつお節、味醂《みりん》、しょう油で四十時間煮たものだが、とろりと飴色《あめいろ》に煮上ったのが大鉢に山盛りで湯気を立てているのを見ただけで、元気が出てくる。

このやわらかいこと。プリンプリンしたにかわ質。噛《か》む必要全くなし。舌の上で溶けて骨だけが残るやわらかさ。脂っぽいのに脂っぽくない、コクがあるのにあっさりした玄妙としか言いようのないうまさ。

ここの女あるじは、沖縄風の髪型、衣裳である。美人で愛嬌もよく、極めておいしそうなひとだが、私はこの人を横目で鑑賞しながら、たちどころに「足てびち」を三切れ胃袋に納めた。

「そうめんちゃんぷるう」はそうめんの炒めものである。私はこれが好物で自分でもよく作るが、そうめんがくっついて団子になってしまう。ところがこの店のは、一本一本が離れ、味もあっさりしていておいしい。女あるじにコツを伺《うかが》った。

そうめんは固めに茹でてから、炒める前にサラダオイルを少量かける。これがくっつかない秘訣《ひけつ》であった。聞けば何でもないことだが、コロンブスの卵である。

鍋を熱くして、油を入れずいきなり野菜を入れる。これもコツのひとつであろう。野菜の水分で焦げつくことはない。ここにいり卵とネギを入れ、そうめんを加えて塩で味をつけ、かつお節をかけて出す。おひるや軽い夜食にぴったりである。

左党《さとう》なら「うりずん」をのぞくのもいいかも知れない。

泡盛を四十八種置いてある民芸風の酒場である。「うりずん」とは、響きの美しいことばだが「木の芽どき」という意味らしい。

沖縄の古い民家をそのまま使った小ぢんまりした店である。大きな甕《かめ》から柄杓《ひしゃく》で汲んで「カラカラ」に入れて持ってくる。のどがカッと灼《や》けるようなのを流し込む。暑気払いには一番であろう。

甘党へおすすめは、「さーたーあんだぎい」。砂糖揚げ菓子というイミ。ドーナツの沖縄版と思えばいいのだが、チューリップの格好に揚げるのはコツがいる。これをおいしくつくるのが花嫁の資格のひとつだったという。このほか、ぽーぽーによく似た形のちんびん。黒砂糖入りのお焼き。赤く染めた落花生を散らした中国風蒸しカステラ「ちーるんこう」もいい。

胃袋が目あての旅とはいえ、舌だけ口だけが歩くわけではない。目もあれば耳も働くわけだから、いろいろなものが目に飛び込んでくる。

家にくらべて、墓が大きく立派なのに一番驚いた。兎小舎《うさぎごや》どころか人間が住めそうなのもある。

金が出来ると、家より先にまず墓をつくる。それで男一人前とみなされ、世間の信用もつく。墓は担保物件になるそうだ。

墓の例でも判るが、この土地は先祖崇拝の気風の強いところである。祖先を祀《まつ》る祭りが、年中あり、そのひとつ清明祭に使う菓子を露天で売っている。

この気風は、縦社会にもあらわれている。会社も序列は関係なし。年長者に対しては、たとえ部下であっても敬語を使う。

沖縄の人たちは、どちらかというとはにかみ屋で内気。人見知りをする。打ちとけてしまうと、とても人なつっこく、その眉と同じように情《じょう》が濃い。屋根に上っている獅子《シーサー》は沖縄の男たちがモデルではないかと思ったほどである。

意外だったのは、アメリカ人兵士の姿がほとんど見られなかったこと。夕方、目抜き通りを二十分歩いて、ぶつかったのはアロハ姿の若い人である。

「週末になると、出るんですが。もう少し暗くなると少しは出るんですが」

案内してくれた男性が、まるでホタルみたいに言うのがおかしかった。

基地のある沖縄市（前のコザ市）にも足を伸ばしてみたが、ドルが弱くなったせいか、金髪碧眼《へきがん》のオアニイさん方はみな威勢が悪く、日本人のお古のあとの中古車に乗り、ハンバーガーの立ち喰いの行列にならんでいた。

ひと頃は大賑《おおにぎ》わいだったBC通り（バーとキャバレー通り）もさびれていた。こうなるまでに三十六年かかったのだ。

沖縄料理には、日本料理の繊細と陰影も見当らない。フランス料理の贅《ぜい》も粋《すい》もないし中国料理の絢爛《けんらん》もない。あるのは一頭の豚を、頭から足の先まで、それこそ血の一滴まで無駄にすることなく胃袋に納め、生きる糧《かて》にしてしまうしたたかさである。見かけより滋養を重んじる合理性である。明るい空、澄んだ海の色に合せて。まるで紅型《びんがた》の模様のような色に食べものを染め、食卓を彩《いろど》る暮しの知恵である。

ひめゆりの塔。摩文仁《まぶに》の丘は、いまも訪れる人が絶えない。数千の日本軍と民間人が最後の砦《とりで》として死闘をくりかえした海軍の司令部壕《ごう》は、まだ発掘の余地を残している。畑をたがやすと、まだ白骨が出ることがある。本土復帰を果たしたといっても、まだ戦争の尻尾は残っている。

想像していたよりずっとおいしいと沖縄の食べものに舌つづみを打っていると、どこからか「海行かば」が聞えてくる。私たちの世代はそうなのだ。胃袋はふくれても、うしろめたさ、申しわけなさが、のどに刺さった小骨のようにチクチクする。

「やはりようけ食う奴はよう働きますなあ。人間、食わにゃあ」

唇を脂で光らせながら豪快に骨をしゃぶってみせ、「足てびち」を私たちにすすめてくれた沖縄の人のことばに少し気が楽になり、私も負けずにかぶりついた。

山も平らになるほど破壊され、人が死んでも、生き残った人間は、尚《なお》のことしたたかに食らい、楽しみをみつけて生き永らえてゆく。人が生きることはこういうことなのだなと思った。

ところで、私の捜していた「きっぱん」は、どこの名店街にもなかった。店員さんに聞いても「さあ」というだけである。記憶違いか、とさびしく思っていたが、市場からの帰り、タクシーの窓から、「きっぱん」の文字をみつけた。車をとめ、小ぢんまりした菓子屋の店先にとび込んだ。白い砂糖の衣がけである。同じだ。体格のいい五十がらみのオバサンが昼寝から起きてきた。「きっぱんはもう、うち一軒ぐらいしか作ってないかも知れないねえ」と言いながら、素朴な折箱に詰めてくれた。

ホテルまで待ち切れず、タクシーのなかで開き、端を折って食べてみた。物凄く甘くほろ苦い。昔と同じ味である。四十年の歳月はいっぺんに消し飛んで、弟や妹と若かった父のまわりに目白押しにならび、茶色の皮のカバンから手品のように出てくる沖縄土産を待つ十二歳の女の子にもどっていた。「きっぱん」は、わが沖縄胃袋旅行の最高のデザートとなった。

（「旅」昭和56年7月号）

大学芸運動会

故郷を持たない人間にとって、郷土芸能ぐらい妬《ねた》ましいものはない。根なし草を思い知らされるようで、冷たい視線でそっぽを向き、見ないで暮していた。

ところが、ひょんなことから阿波踊りの仲間に入れていただけることになった。着つけをして下さったのは、鷹匠町《たかじようまち》の料亭「初波菜」のお姐《ねえ》さんがたである。いい年をして着物を着たことのない、棒鱈《ぼうだら》のように突っ立っている私を囲んで、汗とりの襦袢《じゅばん》がいる、いらないで、お姐さん同士やり合ったりしている。少しでも足さばきよく踊れるように、自分の小物を貸してくださる。噂《うわさ》に聞く通りの、情《じょう》の濃い血の熱い阿波女である。

俄《にわ》か勉強の手ほどきのあと、紺屋町《こうやまち》演舞場へ繰り込んだ。出を待つひとときの押し合いへし合いと気負いの不安。どの顔もたかぶって上気している。運動会と学芸会が団体で押し寄せたような気分である。

「新のんき連」にまじって、飛び入りで生れてはじめて阿波踊りを踊った。盆踊りも踊ったことがないのだから、文字通り初体験である。目の前の女踊りを見よう見真似《まね》で、あとは夢中である。「よしこの」の二拍子。両側のさじき席の光がまたたいて、巨大なほたるかごの中にいるようだ。

きまりの悪さは一瞬のことだった。不思議な酔いが廻って、原稿の締切りのことも税金も、みんなどこかへ消しとんでしまった。踊りがこんなにいいものだとは知らなかった。この瞬間、私は、故郷のお裾《すそ》分けにあずかっている、という実感があった。汗を拭《ぬぐ》って、今度はさじき席で見物をした。

男踊りのたくましさと軽さに惚《ほ》れ惚《ぼ》れした。一歩間違うと猥雑《わいざつ》に流れるところを、品よく色気にとどめるのは、やはり伝統であろう。

女踊りは、世界でも珍しい先端部の踊りである。暗い夜空に向ってつぼみが開くようにうごく白い十本の指。黒塗りの赤い鼻緒の利休下駄と一緒に白い足袋《たび》が、つつましくリズムを刻んでゆく。顔は編笠にかくれてちらりとしかわからない。

カーニバルで見せる半裸の肉体美も、思い入れたっぷりの所作《しょさ》もない。こんなに「見せない」踊りもないであろう。それでいて、ういういしく、艶《つや》っぽい。静でいて動である。控えめでいながら、陽気である。踊っていると、みんな美男美女にみえた。一夜あけた今でも、耳の底にそそるような二拍子が聞えている。

（「徳島新聞」昭和56年8月14日）

解　説――デビュー作「ダイヤル110番」のころ

北川　信

向田邦子さんが、「ダイヤル110番」でテレビドラマのシナリオライターとしてデビューしたのは、昭和三十三年のことです。「ダイヤル110番」は、昭和三十二年九月から三十九年九月まで日本テレビで放送された日本初の連続刑事ドラマで、毎週火曜日の夜八時から八時半まで三百六十五回つづいた人気番組でした。

私はそのドラマのプロデューサーとして、向田さんと仕事をご一緒しました。向田さんが書いたのはたしか七、八本だったと思います。

デビュー当時のことをつづった「一杯のコーヒーから」によると、向田さんは「お小遣いほしさ」からテレビの世界に入ってきたそうです。その時のことを「テレビはちゃんと見たことがありませんでした。盛り場や電気屋の前でプロレスを人の頭越しにチラリと見た程度です」と書いています。なんと、当時向田家にはテレビがまだ無かったのです。実は、相対するプロデューサーの私の家でもこの年にやっと小さいテレビを買ったばかりでした。

日本テレビが開局したのは昭和二十八年。新卒で入社した私はまだ六年目の若造で月給は一万円あまり、テレビ受像器は二十インチで二十万円と高嶺の花だったのです。この頃がどんな時代だったのか思い出してみましょう。まだ新幹線は走っていない。東京タワーはようやく完成したばかり。パソコンもない、勿論携帯もない。そんな中で「電気紙芝居」と揶揄されながらやみくもにテレビを始めてしまった若者達。まことに不思議な世代です。

テレビ屋としてみると、現在との一番大きな違いはVTRがないことです。VTRのないドラマはいわば、舞台の演劇。しかも週に一本ライターは新作を書き下ろし、ディレクターはそれを映像化する。またスタジオも今のような素晴らしい設備はなくて、小さなスタジオでカメラ三台きりで撮っていました。

ですから、当時のドラマはオール生（全部生放送）で室内劇ばかり、言ってみれば全部「徹子の部屋」みたいなもので、張りものの応接間のなかに応接セットが置いてあって、誰かが差し向かいで喋っているのをカメラ二台で写している、という程度だったのです。

そんな中で「ダイヤル110番」は、日本製ドラマとして初めて自動車を走らせました。

VTRなしでどうしたのかというと、まず映画と同じ手法でニュース用手持ちカメラの16ミリフィルムでパトカーシーンを撮影し、部分的に映画を作ります。当時のテレビ局には同録（同時録音）する機械も、アフレコ用のスタジオもありません。局の近所の番町スタジオへ行って6ミリテープにせりふや音楽、効果音を録音し、徹夜で画と音とをシンクロさせるなどの作業が必要でした。

何としてもパトカーが突っ走らなければ面白くないと思いこんだ、駆け出しテレビマンの青年数人が、毎週、放送に間に合わせようと、泊り込みで日々必死に格闘していました。

向田さんが書くようになったのは、製作技術もかなり進んできて、シナリオにもいくつかの定型パターンができてきたころでした。

VTRがないのですから、本番を見逃したら永久にその作品を見られません。向田さんも書く前に「ダイヤル110番」をほとんど見てないように思えます。大変勉強家であることは、シナリオを読んでいるとわかりますが、おそらく、どんな番組だかも、よくわかってなかったでしょう。実際、警察の「110番」を世に広めるのが目的の番組で、スタッフ全員がパトカーを登場させることに心血を注いでいる番組なのに、向田シナリオはパトカーが出てこなかったのですから。

向田邦子という書き手は、自分の興味のあるものしか書かなくて、直しも全然受け付けてくれなかった。いや、自分でよくわかってるからこそ、「これしか書けない」といったところがありました。

原稿の受け渡しや打ち合わせはいつも、日本テレビ近くのローリエという喫茶店でした。コーヒーを飲みながら、お腹がへったらカレーか何かを注文して、あれこれ打ち合わせしていたあのころは、伝統もなければお手本もなく、ひたすら毎週毎週初体験と創意工夫の連続でした。ライターも演出スタッフも。


こうして出来上がったシナリオの冊数は膨大です。向田さんも私も出来上がった番組のシナリオは保存しない性質《たち》でしたので、「ダイヤル110番」のシナリオはずっと研究家やファンの間で「幻の台本」と言われていたと、のちに聞きました。

それが向田邦子生誕八十年を記念するシナリオ集を編集する際に、約五十年ぶりに演出を担当した高井牧人宅から発見されました。

さて、どんな台本だったか。ひょっとして時間切れでOKしてしまったやっつけ仕事のシロモノではないかと、おそるおそる読みかえすと、記憶よりもはるかにレベルが高い。安心し、感動しました。

改めて読み返した感想を述べましょう。向田邦子の最大の特色はやはり台詞のうまさです。独りよがりで見栄っ張りで意地っ張りで、そのくせどこか弱気の、憎めない登場人物。後年の向田ドラマの定番ですが、その味はこの「１１０番」にも十分出ています。例えば、刑事ドラマなのに警察が一つも苦労していない。犯人同士が仲間割れで腹の探り合いで疲れ果て、ボロを出してお縄頂戴。というのがあります。推理ドラマとしては落第の筋立てですが、心理的なプロセスや犯人達の性格を追っていくとホロリとさせられてなかなかの味です。演出家高井牧人も多分そこを楽しみにしながら放送したことでしょう。

そう言えば、向田邦子の発想は何時《いつ》でも犯人側から始まっていました。ユニホームで装備した警察官に感情移入するのは苦手だったのでしょう。

「どんな人にも、人生があり、秘密がある、それを少しずつ発見し、解きほぐしてゆくのがドラマなのだ」彼女はそう考えていたと思います。

実は私がいっしょに仕事をしたのは、「ダイヤル１１０番」が最初で最後でした。向田さんが人気作家になってからは、向田さんが日本テレビに遊びにきた時に「またいっしょにつくりたいわね」などと楽しくおしゃべりしたくらいです。

ですからこの一文は、作品解説ではありません。この本に載っている「一杯のコーヒーから」に名前がでてきた、向田さんと一歳違いの一テレビ屋とが数年間共有した、昭和三十年代という時代の解説です。

（元日本テレビ専務取締役）

文春文庫

女《おんな》の人《ひと》差《さ》し指《ゆび》

定価はカバーに
表示してあります

2011年6月10日　新装版第1刷
2023年2月5日　　　　第13刷

著　者　向《むこう》田《だ》邦《くに》子《こ》
発行者　大沼貴之
発行所　株式会社 文藝春秋

東京都千代田区紀尾井町3-23　〒102-8008
TEL 03・3265・1211(代)
文藝春秋ホームページ　http://www.bunshun.co.jp

落丁、乱丁本は、お手数ですが小社製作部宛お送り下さい。送料小社負担でお取替致します。

印刷・凸版印刷　製本・加藤製本

Printed in Japan
ISBN978-4-16-727723-9